Feras e Belas

CONTOS PERIGOSOS

SOMAN CHAINANI

CONTOS PERIGOSOS

Ilustrações de
JULIA IREDALE

Tradução de **Lígia Azevedo**　　**G** GUTENBERG

Copyright © 2021 by Soman Chainani (texto)
Copyright © 2021 by Julia Iredale (ilustração)

Título original: *Beasts and Beauty: Dangerous Tales*

Todos os direitos reservados pela Editora Gutenberg. Nenhuma parte desta publicação poderá ser reproduzida, seja por meios mecânicos, eletrônicos, seja via cópia xerográfica, sem a autorização prévia da Editora.

EDITORA RESPONSÁVEL
Flavia Lago

CAPA
Julia Iredale

EDITORA ASSISTENTE
Natália Chagas Máximo

ADAPTAÇÃO DE CAPA
Diogo Droschi

PREPARAÇÃO DE TEXTO
Sol Coelho

DIAGRAMAÇÃO
Christiane Morais de Oliveira

REVISÃO FINAL
Helô Beraldo

Dados Internacionais de Catalogação na Publicação (CIP)
Câmara Brasileira do Livro, SP, Brasil

Chainani, Soman

Feras e Belas : contos perigosos / Soman Chainani ; ilustração Julia Iredale ; tradução Lígia Azevedo. -- São Paulo : Gutenberg, 2021.

Título original: *Beasts and Beauty : Dangerous Tales*

ISBN 978-65-86553-94-9

1. Contos norte-americanos I. Título.

21-82571

CDD-813

Índices para catálogo sistemático:

1. Contos : Literatura norte-americana 813

Aline Graziele Benitez - Bibliotecária - CRB-1/3129

A **GUTENBERG** É UMA EDITORA DO **GRUPO AUTÊNTICA** ⓐ

São Paulo
Av. Paulista, 2.073, Conjunto Nacional
Horsa I . Sala 309 . Cerqueira César
01311-940 . São Paulo . SP
Tel.: (55 11) 3034 4468

Belo Horizonte
Rua Carlos Turner, 420
Silveira . 31140-520
Belo Horizonte . MG
Tel.: (55 31) 3465 4500

www.editoragutenberg.com.br
SAC: atendimentoleitor@grupoautentica.com.br

Para Maria Tatar,
que abriu a porta…

Chapeuzinho Vermelho	8
Branca de Neve	22
A Bela Adormecida	42
Rapunzel	58
João e o pé de feijão	72
João e Maria	96

A Bela e a Fera	120
Barba-Azul	142
Cinderela	162
A Pequena Sereia	186
Rumpelstichen	198
Peter Pan	220

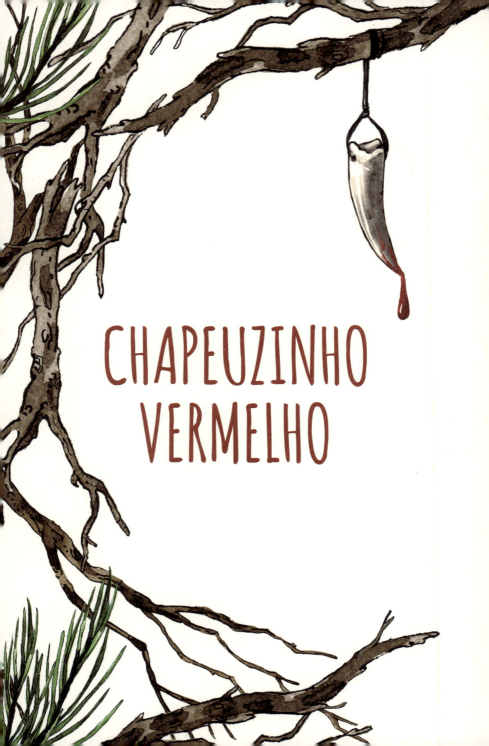

No primeiro dia de primavera, os lobos comem a menina mais bonita de todas. Eles avisam ao vilarejo qual menina querem, arranhando a porta de sua casa e urinando no degrau da entrada. Ninguém os vê, assim como ninguém vê o orvalho antes que a grama esteja encharcada. Conforme o inverno se abranda, o vilarejo, seduzido pela misericórdia da primavera, acha que a maldição foi quebrada. Então a casa é marcada. Às vezes, algumas semanas antes que a menina seja comida, noutras só alguns dias, pois os lobos decidem qual será sua presa no seu próprio tempo. Mas, depois que uma menina é escolhida, pertence a eles. Nenhuma criança, nenhuma família, pode fazer nada. Na véspera da primavera, os lobos uivam, reivindicando sua refeição, e os aldeões conduzem a garota até os limites da floresta, mandando-a entrar. Caso fracassem em enviá-la, sofrerão coisas piores que a perda de uma menina bonita, muito embora ninguém saiba o que poderia ser pior. Logo, um segundo uivo ecoa das entranhas da floresta: mais baixo, saciado, com os lobos tendo feito seu trabalho. As pessoas se dispersam. A menina é esquecida. É o preço a pagar por um tempo de liberdade.

Mas a primavera se adianta.

Outro ano se vai.

As casas se arrepiam, apesar do pôr do sol enevoado, do aroma doce das flores. Mãe e pai ficam sentados, com os lábios rachados, as unhas quebradas, observando a menina que come o que resta de carne num osso, o cabelo castanho-avermelhado roçando o líquido em volta do prato. Eles não achavam que ela traria problemas, porque havia nascido com braços e pernas finos, nariz achatado e pele morena de camponesa, um reflexo turvo de seus progenitores. Tinham certeza de que ficaria com eles pelo resto da vida. Mas a beleza, como os lobos, demora para apontar sua escolha, e um terror lento e frio vai brotando no coração da mãe. Os olhos da menina agora são safiras profundas, sua pele brilha como mel, seu pescoço se alonga com a imperiosidade de um cisne...

Ainda assim, a marca na porta a surpreende. Ela foi comum por tempo demais. A beleza lhe chegou como uma doença. Não dá nenhuma importância a ela, como se fosse tinta a descascar. Morrer por tamanha ninharia...

Feras tolas.

Não se dá ao trabalho de ter medo.

Tem a virtude ao seu lado.

Pega a faca da mesa, a que o pai usou para cortar a carne que comeu. Melados, os dentes de aço sujam a capa que tricotou para a ocasião. Vermelha como sangue, vívida como fogo. Ela está pedindo, usando aquilo na floresta. Mas não há como se esconder dos lobos. É melhor que seja rápido.

A faca pesa em sua mão.

Onde guardá-la?

– Preciso de uma cesta para a vovó – ela anuncia.

A mãe não diz nada.

O pai continua comendo.

– A casa da vovó fica do outro lado do rio – a menina diz. – Mando notícias quando chegar lá.

A mãe se levanta e prende o fôlego enquanto separa pãezinhos duros, frutas passadas e queijo acre. O pai olha para a esposa. Vão desperdiçar comida em uma missão inútil.

Mas não discute. Não esta noite. Até porque sua filha é tão teimosa quanto sua sogra, o tipo de mulher que espera uma cesta de qualquer visita, mesmo de uma fugindo dos lobos.

O sol se põe com arroubos furiosos, uma chama agarrada por um punho. Os lobos uivam da floresta.

É a primeira vez que a menina sente medo.

Até agora, achava que, de alguma forma, ia derrotá-los. Uma humana contra os animais. O bem contra o mal.

Mas é a música deles que a afeta – um hino fúnebre de autopiedade, como se não pudessem fazer nada. São prisioneiros de sua própria natureza.

E a bondade não serve de arma contra os possuídos.

Ainda assim, ela entra na floresta com calma.

Os aldeões, cada homem, mulher e criança, a levam até a margem, então aguardam com as mãos unidas, como se rezando pela alma da menina, enquanto ela segue. Na verdade, estão ali para impedi-la de voltar.

Os gravetos estalam sob seus tamancos, e um caminho hesitante se abre diante dela, a alameda das meninas enviadas para a morte. Ela se lembra das outras, que nasceram bonitas, que nasceram marcadas, esquivando-se furtivamente pelo vilarejo, evitando os olhos daqueles que viriam a sacrificá-las. Elas sabiam, aquelas irmãs. Muito antes que os lobos viessem. Sabiam que eram carne.

O caminho se estreita, as árvores se aproximando dela. Está acostumada com caminhos fechados. Não são apenas as belas que sofrem. As outras também são manchadas pelos lobos. As que não são escolhidas. Os meninos tratam-nas como sobras. É por isso que qualquer menina que se casa com algum deles, limpa toda a sua sujeira, sem reclamar. Tem sorte de estar viva, dizem-lhe, com grunhidos e rosnados. Tem sorte de sua beleza não ser digna das feras. A própria mãe foi uma dessas, retirada da pilha de descarte. A menina viu isso no rosto do pai. Todos os homens passam a vida desejando aquela que não puderam ter. A menina que foi devorada pelos lobos. E ficam presos com a segunda opção. Por isso seu pai nunca está feliz. Ela mesma teria se casado com um menino parecido.

Mas não se casaria agora.

O que quer que acontecesse depois, sua vida seria diferente.

Mas uma vida diferente tem seu preço.

Exige traçar o caminho ente a vida e a morte.

A faca está escondida na cesta. A menina tem um brilho prateado nos olhos. Eles que venham. E, simples assim, eles deixam a escuridão, como uma névoa nublando o fim do caminho. Uma tribo de sombras sem forma, feito gênios invocados para realizar um desejo. Mas seus olhos os entregam, crescentes amarelas implacáveis, tão velhas quanto o tempo. Ela veste o capuz vermelho, como se fosse uma armadura, recua um pouco...

O luar a limita, a tocha da floresta.

Eles a cercam. Meninos usando calça preta de couro, o peito nu, as veias visíveis nos antebraços. Por um momento, ela acha que é tudo um ardil: que nunca houve lobos, só meninos escolhendo meninas para si. Uma garota para fugir com sua tribo rebelde. Uma princesa para príncipes indóceis... mas agora ela vê seus lábios cobertos de baba, o caminho de pelos descendo por suas barrigas. Ela sente o cheiro de almíscar selvagem.

Esse é o problema com lobos. Eles são malandros. Atraem as pessoas e mudam de forma. Matar não é o bastante. Querem brincar com a presa antes.

– A escolha é sua – diz um dos meninos, com rosto sombrio e dentes compridos. Suas palavras são sedentas e ao mesmo tempo lamuriosas, em um apelo incomum.

Então, ela vê seus olhos vorazes. Os olhos vorazes de todos eles.

Agora compreende.

Deve escolher que lobo irá devorá-la.

O jogo é esse.

Entre no jogo, ela pensa.

A resistência depende não de resistir ao jogo, mas de vencê-lo.

Ela se demora avaliando cada um, enquanto sua mão vai para a cesta, sentindo a faca, seus olhos subindo e descendo pelos corpos magros e as costelas à mostra, como se passassem fome um ano inteiro até aquele momento. Mas um deles é diferente. O líder da alcateia, escondido nas sombras, de braços cruzados, peito aberto, que não parece estar com nem um pouco de fome, só meio entediado. Com a pele branca como pérola e cachos escuros e rebeldes, parece o próprio Cupido, sua beleza tão incomparável à dos outros que ele sabe que vai ser escolhido, como sempre foi até agora. Mas não há nenhuma vitória nisso, seus olhos dizem. Ele vê o patinho feio dentro dela, a beleza encontrada em vez de merecida. Por causa disso, o gosto dela não vai ser tão bom. Escolha outro, é como se dissesse a ela. Ele já teve sua cota. Mas não adianta. Pois ele é a beleza encarnada. Motivo pelo qual sabe que ela vai escolhê-lo.

E ela escolhe.

– Vão – ele diz aos outros.

Eles resmungam, mas não brigam, e saem mancando para as árvores.

– Vão ficar com as sobras – ele diz a ela.

Agora os dois estão sozinhos. Ele olha para ela. Seus olhos amarelos e frios passam a dourados. Suas bochechas pálidas ficam coradas. Ele a considera de maneira renovada, sem a presença dos outros meninos. Endireita o corpo. Sua boca saliva.

Então, ele vê a cesta em sua mão.

Ela aperta o cabo da faca.

Ou ele ainda não a viu ou não se importa.

– Fique à vontade – ele diz. – Faça seu piquenique. Engorde. Seu gosto será melhor depois.

– É para minha irmã – a menina responde. – Ela mora do outro lado do rio. Com a vovó.

As orelhas dele estremecem.

– O rio fica além do nosso território. Não conheço as meninas que moram ali, ele admite. Aposto que são todas pele e osso.

– Não é verdade – a menina diz, com um suspiro. – Minha irmã é mais bonita do que eu.

O tom rosado se espalha por suas bochechas.

– Ela é mais nova ou mais velha?

– Mais nova.

– Do outro lado do rio? Onde?

Ela ri.

– Como se eu fosse contar a você!

Ele dá o bote, pegando-a pelo pescoço.

– A casa da sua avó. Onde fica? Seus olhos estão avermelhados, sua boca espuma. – *Diga.*

– Ou o quê? Você vai me comer? – diz a menina. – Já ia fazer isso mesmo.

Ele a levanta do chão, acima de sua bocarra salivando, como se fosse engoli-la por inteiro. Mas não é por ela que saliva.

– Diga e soltarei você.

Ela pensa a respeito.

– E seus amigos?

– Vão me seguir assim que eu partir. Você pode voltar para casa e dar um beijo na mamãe e no papai. Agora me diga onde ela mora, antes que eu mude de ideia.

Ela faz uma pausa.

– Lobos mentem.

– Assim como meninas espertinhas demais – ele rosna,

com as garras fincadas no pescoço dela. – Você pode estar inventando tudo isso, só para que eu te solte.

Sangue escorre pelo pescoço dela. O que não o impede. Nada pode impedi-lo. Ele vai fazer com que ela conte, não importa as torturas que precisará inventar.

– Siga a margem leste do rio – ela diz. Sua voz é um sussurro comprimido. – Até um bosque de salgueiros. Atravesse para o outro lado e vai ver uma cabana em um vale estreito e profundo.

Ele a deixa cair no chão, com tudo, depois fica de quatro sobre ela, com o rosto e o peito cada vez mais peludos, a voz um silvo quente.

– Se ela não estiver lá, vou te encontrar e destroçar você. E a mamãe e o papai também.

Suas garras arranharam a bochecha dela, para marcá-la. Então, ele saiu correndo.

Logo, ela ouviu os outros lobos, pegos de surpresa, correndo atrás do líder.

Alívio.

Ela sente um enorme alívio enquanto corre. Não porque está livre. Alívio porque não é mais bonita, porque sua bochecha tem um talho, a marca de uma menina que se desviou do caminho. Pode imaginar a cara da mãe e a do pai quando voltar, primeiro de alegria, depois de pena, porque quem vai querer se casar com uma menina como ela, a oferenda do vilarejo, enviada para o sacrifício, submissa, mas obstinada demais para cumprir seu papel. *Menina má*, vão sussurrar. Quebrou as regras. Outras garotas podem começar a ter ideias. Não, não, não. É melhor ser devorada por lobos. Até a mãe e o pai concordariam. Só que não é a mãe e o pai que ela está indo ver.

A casa da avó fica a uma curta distância a oeste. Os lobos correm mais rápido, claro, mas ela os mandou pelo leste, pela margem do rio, que mesmo em ritmo mais rápido é um caminho mais longo. Ela espreita por entre as árvores, emaranhada na escuridão, mas o medo se foi. Ela se demora admirando a floresta: os galhos que se dobram, o beijo da vegetação rasteira, os olhos brilhando como joias na escuridão. Cobras-capelo vermelhas erguem a cabeça diante da visão da menina cor de sangue que passa. *Não é o bastante que os lobos controlem este reino em que nasceram*, ela pensa. Eles querem mais. O sofrimento de inocentes. A emoção do privilégio. Roubar algo que não deveriam ter. *Cuidado*, lembra a si mesma, sentindo que diminuiu o passo. *Um macho faminto se move mais rápido do que uma menina pensa.* Logo ela ouve o borbulhar da água. O rio a banha com delicadeza enquanto ela avança pela parte rasa, peixes se prendem à capa e ela os solta. Depois do bosque de nogueiras, passando as samambaias, vê-se a clareira cheia de folhas vermelhas e a velha cabana de madeira, suas duas janelinhas iluminadas como olhos brilhando, os beirais cobertos de musgo cinza, lembrando pele animal. Ela só visitou a casa da vovó algumas vezes, e a última já faz muito tempo, mas ainda se lembra do caminho, como um gato que sabe voltar para casa.

Toc-toc.

Ela bate baixo, caso os lobos tenham espiões.

Toc-toc.

A porta se abre.

A avó está ali, seu rosto uma ameixa enrugada, o cabelo cor de abelha cortado curto. Tem uma cicatriz grande debaixo do olho, e sua boca está retorcida em uma carranca. Ela dá uma olhada na neta e cheira o ferimento em sua bochecha.

– Entre – diz.

Uma trilha de saliva até o bosque de salgueiros. Os lobos cercaram a casa em círculo, com as costas arqueadas, rangendo os dentes, desesperados pelas sobras que o líder lhes prometeu. Estão cansados e se ressentem da bela refeição de que o líder abriu mão. Poderiam se rebelar, se tivessem coragem.

O líder não se apressa, pondo-se em dois pés, limpando a terra do corpo enquanto seus pelos se recolhem, penteando os cachos de Cupido e se aproximando da porta, o perfeito cavalheiro à soleira.

A casa está aberta para ele.

O líder entra, devagar. Seus pés brancos e peludos arranham as tábuas de madeira do piso. Ele não está acostumado a ter trabalho para comer. Não está acostumado a ficar em duas pernas. Mas há certa emoção nisso. Em fingir ser domesticado.

A lareira lança um brilho vigilante sobre a sala, cuspindo faíscas nele, *tec-tec-tec*. A casa é velha e antiquada, não há nada digno de nota. Uma vassoura velha. Um relógio com um azulão desregulado. Um cobertor sobre um volume numa cadeira de balanço. Uma cesta vazia na cama. Migalhas de queijo.

A cama, no canto, parece nova e satisfatória, ocupada por uma figura envolta em véus brancos como leite.

– Quem é? – ela pergunta.

– Seu príncipe – ele diz.

– Chegue mais perto.

Ele obedece, com a boca cheia d'água.

– Mas... que pele enrugada você tem – ele diz.

– É fruto de um feitiço. Para esconder melhor minha juventude e beleza. Chegue mais perto.

– Que olhos turvos você tem – ele diz.

– É para ver melhor a alma do meu príncipe. Chegue mais perto.

– Mas que lábios rachados você tem – ele diz.

– É para beijar melhor meu príncipe e quebrar o feitiço.

O véu da cama cai.

O menino beija os lábios da avó da menina, sedento por sua recompensa.

No entanto, nenhum feitiço é quebrado.

Em vez disso, velhos ossos estalam. Ela ri na cara dele. Ri, ri e ri. Vê o que ele realmente é. Uma fera impotente.

Seus olhos parecem afiados. Ele arreganha os dentes. A máscara de um menino humilhado.

Ela sabe o que isso significa. Ele vai matar e mata, até ficar entorpecido. Até se esquecer do que fez. Um salto e ele está na cama, a pele transformada em pelos, menino transformado em lobo...

Ele deveria ter conferido a cadeira de balanço.

A faca atravessa seu coração, e ele gira em choque, encarando a menina com a capa tão vermelha quanto seu sangue, mais bonita do que ele se lembrava.

O grito dele faz os outros lobos entrarem correndo, mas estão todos famintos demais para brigar. A avó bate neles com a vassoura, *tum-tum-tum*.

Juntos, eles caem, aquelas perversas crianças trocadas, uivando para a morte.

Mas o triunfo e o desastre muitas vezes são semelhantes.

Longe dali, os aldeões deixam os limites da floresta, confiando que seu sacrifício está completo.

A cada ano, uma menina é marcada. Sua porta é arranhada em alerta.

No primeiro dia da primavera, ela ouve o chamado dos lobos. Os aldeões a conduzem até a floresta. Ela se despede da mãe e do pai com um beijo. Tremendo, adentra a escuridão. Segue o caminho, como devido.

Mas, ao fim do caminho, não há nenhum lobo.

Em vez disso, o que há é uma casa cheia de meninas como ela.

Belas que deixaram a beleza para trás.

Uma senhora a leva até a mesa.

As meninas se reúnem. Dão as mãos, como um grupo.

A senhora sorri por baixo do capuz vermelho.

Também já foi uma menina.

Juntas, elas erguem a cabeça e uivam.

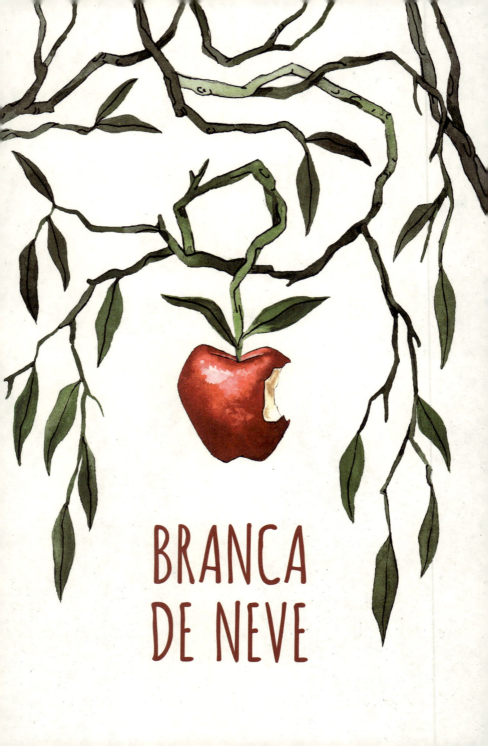

Uma moça se casa com um homem fraco. Ele lhe diz as coisas certas no momento certo, um príncipe que lhe promete seu "felizes para sempre". Muitos veem apenas a pele dela, quão diferente é das donzelas claras desta terra. Tratam-na como um pedaço de carvão, como se o preto fosse uma cor pecaminosa. Mas esse príncipe faz com que se sinta bonita, como nunca se sentiu. Ele a leva de cavalo ao seu castelo e entra no quarto puro e branco carregando-a em seus braços.

No entanto, as pessoas estão ressabiadas. Assim como o pai do príncipe. Seu filho casando-se com uma moça como aquela, quando poderia ter tantas outras... Mas todos guardam seus ressentimentos para si. É o que pessoas educadas fazem.

Até que o rei morre.

Agora o príncipe é o rei, e sua princesa é a rainha. As pessoas não querem aquilo. Só conseguem ficar quietas por algum tempo. O jovem rei prova desse veneno. A rainha também, mas é o rei quem leva aquilo para o lado pessoal. O amor é um privilégio seu. Não está acostumado a lutar por ele. Então, ele não luta. Em vez disso, faz pouca companhia à sua rainha e perambula pelo reino com mulheres mais claras do que ela.

O povo se tranquiliza.

O solstício de inverno chega, duro e solitário. A rainha fica sentada à janela do quarto, costurando e vendo a neve branca cair em camadas imperiosas e sufocantes. Um corvo se acomoda perto dela, e a neve o ataca, clareando suas penas até que se transforme numa pomba. A rainha estremece. A agulha fura seu dedo, respingando sangue no pássaro.

Se pelo menos eu tivesse um filho, ela pensa. *Uma criança minha para amar. Branca como a neve. Vermelha como sangue. Preta como um corvo.*

Ela beija o pássaro, selando seu desejo.

Logo depois, a rainha dá à luz uma menina com pele preta como um corvo, lábios vermelhos como o sangue e olhos cujo branco é tão claro como a neve.

Ela a chama de Branca de Neve, e ri.

E, *ah*, como a rainha ama a filha, feita exatamente segundo seu desejo, embora o rei maltrate muito a criança, que não tem nada que o lembre de si mesmo. Assim como o povo do reino, que a considera amaldiçoada. A rainha a mantém por perto, protegendo-a como se fosse uma joia, pois só sob sua guarda pode ensiná-la a ser amada.

Então a doença chega para a rainha, assim como a neve chegara para o corvo, e ao fim do inverno ela já partira.

Um ano depois, o rei volta a se casar. A nova rainha tem bochechas brancas como leite, cabelo castanho e olhos afiados como uma armadilha para ursos. Ela não tem nenhum amor por Branca de Neve, uma mancha na família, e põe a enteada para trabalhar limpando o castelo. Não que a rainha queira uma criança para chamar de sua. Um filho poderia roubar o seu frescor. Ela pendura um espelho mágico na parede de seu quarto, que é tão amplo que chega a fazer eco, e toda manhã pergunta:

– *Espelho, espelho meu,*
Existe alguém mais bela do que eu?

E o espelho sempre responde:

– *Vossa majestade, a rainha, é a mais bela de todas.*

Então, os olhos dela se abrandam, sua pele recupera a cor e o alívio toma conta de seu peito, uma sensação que a rainha chama de felicidade, porque, por um momento, o que ela quer que seja verdade e a verdade em si são iguais.

Branca de Neve cresce, assim como sua beleza, ainda que fique reservada aos banheiros e à cozinha, coberta por uma camada branca de farinha e de pó. Sua madrasta a esqueceu por completo, agora que a menina está em seu lugar. Até que, um dia, a rainha pergunta ao espelho:

– *Espelho, espelho meu,*
Existe alguém mais bela do que eu?

E o espelho responde:

– *Vossa majestade pode se considerar a mais bela,*
Mas Branca de Neve é mil vezes mais.

A princípio, a rainha desdenha disso. Uma garota como Branca de Neve, *bonita*? Então, ela se lembra de que o espelho a julgara a mais bela durante todos aqueles anos, e se até agora confiara nele, deve continuar confiando. Ninguém mais no reino sequer consideraria algo assim, claro. Que Branca de Neve seja mais bonita que ela. A beleza tem regras nesse mundo. Mas e se Branca de Neve quebrar as regras? E se outras pessoas começarem a vê-la como o espelho a vê?

A partir de então, a rainha passa a odiar Branca de Neve ainda mais, dobra seus afazeres, faz com que durma no armário, repreende severamente o marido se ele olha para a filha uma segunda vez. Mas não é o bastante. Quanto mais a rainha reprime Branca de Neve, mais a inveja e o ciúme serpenteiam dentro de si, como se seu coração soubesse de algo que ela mesma não sabe, como se negasse deliberadamente uma lei maior que a sua. A garota era o ponto cego em seu reflexo. Seja dia, seja noite, a rainha não tem um momento de paz.

O verão torna o palácio sufocante, tal qual uma estufa. No calor, o ódio da rainha floresce ainda mais e cria dentes. Não basta manter a garota como escrava e fora de vista: agora a rainha a chuta e zomba dela, incitando-a a se rebelar, tentando levar a mosca para a armadilha. A garota segura a língua. Reconhece um arqui-inimigo quando o vê. Alguém assim usa qualquer desculpa para te matar. Sua vida drena o poder dele. Não há como escapar. O destino uniu as duas: quanto mais forte uma for, mais fraca será a outra. E Branca de Neve fica mais forte a cada dia.

O espelho confirma isso:

— *Branca de Neve é mil vezes mais bela.*

De novo, de novo, de novo.

Agora, a rainha sabe. Não tem como vencê-la. Por isso, a garota deve morrer. Um caçador é convocado.

– Leve a garota para a floresta – a rainha diz. – Mate-a, depois me traga os pulmões e o fígado dela.

O caçador não discute. Tem esposa e dois filhos para alimentar, e a rainha paga bem. Quando ele leva Branca de Neve para a floresta, ela não foge. Tampouco chora quando ele puxa a faca do cinto e a aponta para o peito da garota. Ela só o olha nos olhos e pergunta:

– Por quê?

Ninguém nunca perguntou isso a ele. A maioria das pessoas prestes a morrer corre por sua vida, como se fosse culpada.

O caçador abaixa a faca.

– Fuja e nunca mais volte – ele grunhe.

Branca de Neve se embrenha na floresta, e o caçador suspira. Pela manhã, os animais terão acabado com ela, mas pelo menos sua morte não será pelas mãos dele. O caçador aguarda até que um javali se aproxime e o ataca sem dó, extraindo seus pulmões e seu fígado para levá-los à rainha. Todos os órgãos sob a pele são parecidos. A rainha cheira seus presentes, sentindo a fome lamber seu coração. Manda cozinharem os órgãos na salmoura e os devora, imaginando ter incorporado o corpo da garota ao seu.

Uma criança privilegiada não conseguiria sobreviver na floresta. Trepadeiras e arbustos espinhosos se enroscariam nela e a enforcariam. Os animais a comeriam. Mas Branca de Neve não é uma criança privilegiada. Ela não perdeu o contato com sua natureza. Sua beleza é a beleza das árvores, das flores, das raposas. Não pode ser rivalizada por um rosto empoado e um cabelo bem-arrumado. Fora por esse motivo que a rainha mandara outra pessoa matá-la. Matar a garota com as próprias mãos seria como olhar diretamente para o Sol. Mas o caçador se equivocou ao pensar que a floresta ia devorar Branca de Neve. Em vez disso, os ursos e os lobos abrem caminho, as frutas mais saudáveis caem aos seus pés. Ela corre e corre, uma criatura da noite. Depois do rio, perto dos limites do reino, montanhas com picos nevados despontam, uma, duas, três. Então, sob o luar, surge uma cabana. É tão limpa e pitoresca por fora, com uma cerca de madeira pintada de branco, petúnias brancas e um gramado bem-cuidado, que não parece arriscado sair de seu caminho e bater na porta, ou abri-la quando ninguém atende. Mas, lá dentro, é surpreendente: uma profusão de tons terrosos, aromas exuberantes, velas incrustradas de pedras preciosas, tapetes e cobertores aconchegantes. O palácio era um mausoléu, mas este lugar é um lar, com sete pratos na mesa – círculos de cerâmica, todos com rachaduras –, sete facas e sete garfos ao lado, todos de

tamanho reduzido. Também há sete copos, além de jarros de hidromel. Na cozinha, há uma torta de abóbora cortada em sete fatias e uma pilha de verduras. Há sete caminhas alinhadas na parede, cada uma com um par de chinelos aos pés. Ela faz uma salada com as verduras e tempera com limão e óleos da despensa, depois pega um pedaço de torta e se serve um copo de hidromel.

Agora é hora de ir embora, Branca de Neve pensa. *Ficar aqui é perigoso*. Mas ela diz isso para si mesma enquanto deita numa cama que não é sua e cai num sono profundo, como costumava acontecer no peito da mãe.

Já faz tempo que escureceu quando os donos da cabana retornam, sete anões que passam os dias nas montanhas do reino, buscando ouro e pedras preciosas em cavernas profundas e escuras onde os mineiros da rainha não ousam ir. Eles assoviam ao longo do caminho e entram na casa, cada um carregando uma lanterna acesa. Todos juntos, veem que alguém esteve ali.

– Quem bebeu nosso hidromel? – um pergunta.

– Quem comeu nossa torta? – outro questiona.

– Quem fez uma salada? – um terceiro indaga.

O anão mais velho, com a barba mais comprida e os olhos mais cansados, vai direto ao ponto: – Quem está na minha cama?

Todos apontam as lanternas para Branca de Neve, tão acostumada a dormir na escuridão que acorda na mesma hora.

É a primeira vez que vê alguém de pele tão preta quanto a dela, sete homenzinhos ônix, barba bem branca, túnicas coloridas e chapéus combinando. No palácio, ninguém se parecia com ela, o que não era importante para Branca de Neve, porque a pele não devia importar. Quem ligava se outros a julgavam por causa daquilo? Aqueles que só enxergavam sua pele eram cegos. No entanto, agora Branca de Neve via que também estava cega, que, sem sua mãe, não tinha espelho, não via seu reflexo, não possuía nenhuma prova em seu coração de que era perfeita. Ela era como um cisne preto em meio a cisnes brancos a quem consideram um erro, não uma pérola. E foi essa mentira que a manteve em silêncio durante todos esses anos, porque ela achava que a resposta era ficar quieta, e não encontrar palavras para protestar, palavras que pesavam dentro dela. Mas aqui, diante de desconhecidos, as palavras são libertadas, e contam a história de uma rainha vil e vaidosa que enganou seu pai e tentou matá-la porque se sentia ameaçada pela beleza dela, ainda que a própria Branca de Neve nunca tenha se sentido bonita.

Os anões se entreolharam.

– É por isso que moramos isolados – o mais velho resmungou.

Lágrimas se acumulam nos olhos de Branca de Neve.

– Eu não pretendia incomodar vocês – ela diz, correndo para a porta.

– Aonde vai? – o mais velho perguntou.

– Para além das montanhas – a garota disse.

– É de onde viemos – o anão diz, com um suspiro. – O rei de lá não quer gente como a gente. Você não vai estar segura lá.

Branca de Neve não sabe o que fazer. Este mundo não foi feito para ela, muito embora tenha nascido nele.

Os anões conversam entre si, murmurando e resmungando, até que o mais velho levanta a cabeça.

– Você conhece boas histórias para dormir? – ele pergunta. – Gostamos de contos de fadas. Se tiver alguns para nos contar, pode ficar.

Branca de Neve sorri, aliviada. – Contarei todas as histórias que conheço – ela diz.

Na verdade, não conhece nenhum conto de fadas. Nenhum bom, pelo menos. Todas as histórias que ouviu no castelo sobre feras e belas não fazem o menor sentido. Mas ela é esperta demais para admitir isso ou para dizer que não existem contos de fadas para pessoas como eles. Em vez disso, ela pensa: é hora de criar alguns. Uma oitava cama é feita. Na manhã seguinte, os anões voltam para as minas, mas não antes que o mais velho alerte Branca de Neve: – Cuidado com sua madrasta. Se ela é como diz, seu coração é sombrio. E corações pretos não dormem sossegados em castelos brancos. Mais cedo ou mais tarde, ela virá atrás de você.

Branca de Neve ouve o alerta, mas permite-se pensar em algo além da madrasta apenas por um momento, principalmente levando em conta que precisa escrever uma história de ninar e fazer o jantar, já que os anões também a deixaram encarregada disso, pois tinham provado a salada saborosa da noite anterior. Nenhuma das tarefas a incomoda. Quando tantos de seus anos foram passados entre a vida e a morte, preocupar-se com receitas e lições de moral lhe parecia um luxo até então reservado a outras pessoas. No entanto, a madrasta nunca está muito distante de seus pensamentos, e os dragões, gigantes e ogros que Branca de Neve inventa em seus contos, que atormentam os heróis escuros e valentes, têm a pele descorada e os olhos afiados da rainha.

Enquanto isso, no castelo, a rainha sonha com os pulmões e o fígado de Branca de Neve e anseia por mais. A princípio, evita o espelho, porque sua alma está em paz agora que ela voltou a ser a mais bela de todos. Além disso, quer que o espelho saiba que ela pode viver sem ele, principalmente depois de ter passado tantos dias pronunciando um nome que não era dela. Mas logo uma inquietação toma conta do peito da rainha, como uma mão rastejando para fora da tumba. Há apenas uma cura. Ela se dirige ao espelho...

– Espelho, espelho meu,
Existe alguém mais bela do que eu?

E o espelho responde, sorrindo:

– Vossa majestade acredita que é a mais bela,
Mas Branca de Neve, que vive com sete anões
Em uma cabana à beira da montanha,
É mil vezes mais.

A reação da rainha à notícia é branda. É como se soubesse que a garota voltaria para assombrá-la, tal qual um fantasma. Que Branca de Neve esteja longe, morando com anões imundos, não lhe serve de consolo. Sua mera existência é uma ameaça ao mundo tal como é, um mau presságio do que pode vir a se tornar.

Mas a rainha tem um plano. Mulheres como ela sempre têm. Matar Branca de Neve, de uma vez por todas. Agora, com suas próprias mãos.

A rainha mistura pó de morcego, língua de cobra e sangue de sapo em uma poção, que ela bebe com dificuldade, levando as mãos à garganta enquanto seu rosto fica mais do que preto e seus ossos se afundam, em um arremedo da beleza que seu espelho considera adequada. A magia desce por sua espinha, drenando suas forças e sua alma. A rainha quase não sobrevive. Mas, quando acaba, ela mergulha um par de pentes no veneno e vai para a floresta.

Na cabana, Branca de Neve inventa uma história sobre bruxas más e seus disfarces, enquanto espera que o pão cresça, e cantarola uma música.

– Pentes à venda!

Ela ouve uma voz áspera lá fora.

– Pentes à venda! Pentes para deixá-la bonita!

Branca de Neve atende a porta.

A velha vendedora está encurvada em uma postura medonha, sua pele parecendo queimada, seus olhos maliciosos e vorazes lembrando os de um lobo. Por um momento, Branca de Neve se pergunta se é a rainha que veio para matá-la, mas nem mesmo ela consegue imaginar sua madrasta assim tão degradada. Sua pele transformada em cinzas? Enrugada como couro? Ela se esgueirando do palácio até as petúnias dos anões? A rainha a quer morta, mas não se rebaixaria a tanto. Assim, a garota fica com pena da velha e compra os três pentes com moedas dos anões que encontra pela casa.

– Deixe-me pentear seu cabelo, a velha pede. Para deixá-la bonita.

É mais uma ordem do que um pedido.

Branca de Neve pensa em como a rainha costumava zombar de seu cabelo no castelo, dizendo que precisava ser penteado e alisado, e que seria mais bem aproveitado como pano de chão.

Isso é passado. Agora, o cabelo de Branca de Neve cresce solto.

Mas as lembranças permanecem, como cicatrizes.

– Está bem – Branca de Neve diz.

A rainha finca um pente em seu couro cabeludo, de modo que o veneno o penetre. Branca de Neve se dá conta de seu erro. Ela cai morta em meio às flores brancas, com o rosto pálido como cera.

Está mais bonita do que nunca, a rainha pensa, já mancando para longe.

Pouco depois, os sete anões voltam para casa e encontram Branca de Neve jogada à porta. Por sorte, o mais velho nota as pegadas se afastando do corpo da garota e sente o cheiro da névoa amarga da magia das trevas. Ele não demora muito para encontrar o peite envenenado e arrancá-lo. Depois, usa uma sanguessuga da lagoa para chupar o veneno. As bochechas de Branca de Neve ganham cor, sua respiração retorna e seus olhos se abrem. Ela começa a contar a história da velha e doce vendedora que queria deixá-la bonita, só para se revelar má em seguida... então, ela vê a expressão dos anões e percebe o quanto foi tola.

No palácio, a rainha passa a noite produzindo antídotos para restaurar sua beleza, mas teme ter ficado mais escura do que antes. O espelho tem algo a dizer, dessa vez sem que nenhuma pergunta lhe seja feita.

– *Vossa majestade está tão bela quanto possível, mas ainda não é o bastante,*
Pois Branca de Neve continua viva.
E é a mais bela de todas.

O coração da rainha fica eletrizado. Viva! Ainda! Que monstro. Ela começa a sentir certo respeito pela garota. Uma bela que luta como uma fera. Mas se Branca de Neve pensa que venceu, está muito enganada. A rainha vai matá-la de novo e de novo, até que a garota não aguente mais. É isso que reanima o coração da rainha. Poder planejar o assassinato de Branca de Neve uma terceira vez. Tornar sua destruição um ritual. Na feiura, a rainha se encontrou.

Ela retorna ao pó de morcego e ao sangue de sapo.

Do outro lado da floresta, o anão mais velho cutuca Branca de Neve com uma vassoura, porque ela está ocupada demais fazendo o pão para prestar atenção.

– Não abra a porta para ninguém – ele repete. – Ouviu?

– Hum-hum – diz Branca de Neve.

O mais velho segue com os anões até as minas, certo de que a garota não tem juízo e receberá bem a próxima bruxa simpática que surgir em seu caminho. Quanto a isso, está certo.

Algumas horas depois, uma voz soa lá fora.

– Maçãs à venda! Maçãs frescas!

Ninguém responde na cabana.

Toque-toque-toque.

– Maçãs grandes e suculentas!

Nada.

– Maçãs especiais! Dignas de uma rainha!

A porta se abre...

– Bem, nesse caso – Branca de Neve diz, segurando um pão com as luvas de forno.

Ela ergue os olhos e quase derruba o pão.

Sua madrasta enfeitiçou o rosto de novo para que ficasse preto, mas agora de um tom profano, do tipo que não se nomeia, porque é o avesso do branco, uma inversão, uma distorção, como uma máscara ou uma mão de tinta, um mal-entendido quanto ao que é pele e até onde vai.

– Tenho a maçã perfeita para você, querida – arrulha a vendedora.

– Assim como tinha um pente? – Branca de Neve pergunta.

– Hum? Pente?

– O que me vendeu ontem.

– Hum, deve estar me confundindo com alguém. – diz a vendedora.

Ah, Branca de Neve pensa. *Então é um jogo.*

– Bem, me venderam um pente envenenado ontem, e quase morri, por isso não posso aceitar nada de desconhecidos – ela diz.

– Envenenado! Uma garota doce como você! Ah, querida, eu nunca faria uma coisa dessas – a vendedora insiste, oferecendo uma maçã sedutora. – Veja, vou até cortá-la na metade. Você fica com a metade vermelha. Eu, com a branca.

Ela morde a fruta branca como a neve e chupa o sumo dos lábios.

– Hum... Aqui, pode pegar.

A garota não aceita sua metade.

– Quanto custa? – ela pergunta. – A senhora não disse.

– O que puder pagar – a vendedora responde. – Uma ou duas moedas.

– Não tenho nenhuma moeda – diz Branca de Neve.

A vendedora franze a testa. – Mas ontem... – Ela se segura, voltando a oferecer a metade vermelha.

– Pode ficar com ela de graça, então.

– De graça? – Branca de Neve desdenha. – Veio até aqui, na escuridão da floresta, para me oferecer uma maçã especial em troca de nada? Isso pareceria suspeito. Tenho que pagar. Por que não com um pão? Está um pouco preto por fora, mas por dentro está totalmente branco, como sua parte da maçã.

A vendedora praticamente empurra a metade vermelha da maçã nas mãos de Branca de Neve.

– Por favor, prove antes que seque...

– Tem certeza de que não quer experimentar? – pergunta Branca de Neve, olhando para o pão. – Coloquei uma manteiga especial no pão. Vai deixar a senhora bonita e encantadora.

Os olhos da mulher tremulam. – É?

– Vou te dar um pouco – diz Branca de Neve. – Vai te deixar linda.

– Ah... bem... – O corpo da vendedora se enrijece. Ela se esqueceu da maçã em sua mão, pendendo ao seu lado. – Só uma provadinha, talvez.

Branca de Neve oferece um pedaço do pão para a vendedora, como uma galinha faria com os pintinhos.

A velha o arranca da mão dela e o engole inteiro, com os olhos fechados de uma garota solicitando os feitiços de uma fada.

– Estranho – a vendedora murmura, – o gosto é tão amargo... parecido com...

Ela arregala os olhos, que correm para a garota.

Branca de Neve aguarda, como uma contadora de histórias que encontrou um fim apropriado. Ela acrescentou o pente amaldiçoado ao pão e matou a rainha com seu próprio veneno.

A bruxa de rosto preto caiu sobre as flores brancas.

Branca de Neve tira a maçã das mãos dela para que suas sementes não brotem, e a queima com o pão na lareira.

Quando os anões voltam para casa, não sabem o que fazer com o cadáver da rainha. É uma tarefa especialmente incômoda, uma vez que o efeito da poção mágica passou, devolvendo a ela sua palidez e suas maçãs do rosto altas. Branca de Neve quer levar o corpo da rainha ao seu pai, o rei, mas os anões acham que assim tanto eles quanto ela acabariam mortos, apesar de suas boas intenções. Só de ver a garota, os anões e a rainha morta, o povo pediria a cabeça deles. Buscar um fim justo para sua gente era tão tolo quanto nobre. Melhor era evitar um fim.

Assim, os anões colocaram a rainha em um caixão de vidro, subiram as montanhas com ela e a deixaram no pico mais íngreme, esperando que alguém a reivindicasse. Todos os dias, quando iam para as minas, passavam para dar uma olhada nela, tirando o chapéu e curvando a cabeça, porque é a maneira respeitosa de agir na presença de um morto.

Estações chegaram e se foram, pássaros fizeram ninho no vidro, e o caixão se tornou parte da montanha.

Então, um dia, quando os anões quase tinham se esquecido dela, viram alguém esperando ao lado do caixão assim que chegaram ao topo.

Um príncipe.

Alto e bonito, com cabelo cor de gelo.

O filho do rei do outro lado das montanhas. O mesmo rei que fez os anões partirem devido à cor de sua pele.

O príncipe não demonstra nenhuma má vontade com eles. Na verdade, só fica olhando para a rainha dentro do caixão de vidro.

– Tão bonita – ele diz. – Certamente a mais bela destas terras.

Os anões sufocam um gemido. Ele é uma dessas pessoas.

Só que o mais velho vê algo nos olhos do príncipe – uma faísca, uma chama, a possibilidade de algo diferente.

– Não a mais bela – ele diz.

O príncipe olha para o anão pela primeira vez.

– Não?

O anão sussurra para um pássaro no ninho e o envia à cabana.

O príncipe volta a olhar para a rainha como uma criança hipnotizada. É só quando vê um movimento no vidro, como magia acontecendo num espelho, que ele sai do transe e se vira.

Branca de Neve está diante dele, como se fosse seu reflexo.

O príncipe fica tão desconcertado que cai de costas sobre o caixão da rainha, derrubando-o lá de cima.

Uma moça se casa com um homem fraco.

Ele lhe diz as coisas certas no momento certo, um príncipe que lhe promete seu felizes para sempre. Muitos veem apenas a pele dela, quão diferente é das donzelas claras desta terra. Tratam-na como um pedaço de carvão, como se o preto fosse uma cor pecaminosa. Mas esse príncipe faz com que se sinta bonita, como nunca se sentiu. Ele a leva de cavalo ao seu castelo e entra no quarto puro e branco carregando-a em seus braços.

No entanto, as pessoas estão ressabiadas. Assim como o pai do príncipe. Seu filho casando-se como uma moça como aquela, quando poderia ter tantas outras... mas todos guardam seus ressentimentos para si. É o que pessoas educadas fazem.

Até que o rei morre.

Agora o príncipe é o rei, e sua princesa é a rainha. As pessoas não querem aquilo. Só conseguem ficar quietas por algum tempo. O jovem rei prova desse veneno. A rainha também, mas é o rei quem leva aquilo para o lado pessoal. O amor é um privilégio seu. Não está acostumado a lutar por ele. Então não luta. Em vez disso, faz pouca companhia à sua rainha e perambula pelo reino com mulheres mais claras que ela.

O povo se tranquiliza.

O solstício de inverno chega, duro e solitário. A rainha fica sentada à janela do quarto, costurando e vendo a neve branca cair em camadas imperiosas e sufocantes.

Se pelo menos eu tivesse um filho, ela pensa. *Uma criança minha para amar. Branca como a neve. Vermelha como sangue. Preta como um corvo.*

Logo depois, a rainha dá à luz uma menina com pele preta como um corvo, lábios vermelhos como o sangue e olhos cujo branco é tão claro como a neve.

Ela a chama de Branquinha de Neve.

E, *ah*, como a rainha ama a filha, feita exatamente segundo seu desejo, muito embora o rei maltrate muito a criança, que não tem nada que o lembre de si mesmo. Assim como o povo do reino, que a considera amaldiçoada. A rainha a mantém por perto, protegendo-a como se fosse uma joia, pois só sob sua guarda pode ensiná-la a ser amada.

Então, a doença chega para a rainha...

Não desta vez.

Sete anões a levam escondidos para a floresta. Anões que fazem com que ela nunca desista de lutar. Anões que a alimentam com seu amor. Anões que a protegem, como uma rainha vaidosa protege sua beleza. Branca de Neve não morre, muito embora fosse esperado que morresse.

As portas do castelo se abrem.

Ela retorna, mais forte do que antes.

O rei se assusta com a história que não segue o roteiro.

Branca de Neve olha nos olhos dele.

Sua filha não vai perder a mãe.

Sua filha não vai ser humilhada.

Sua filha vai ser criada da maneira certa.

Como um cisne preto que sabe que é uma rainha.

A mãe leva a filha ao peito e se senta em seu trono.

Com o cabelo solto, os pés no chão.

De um preto que brilha mais forte do que o ouro.

Não, ela não vai a lugar nenhum.

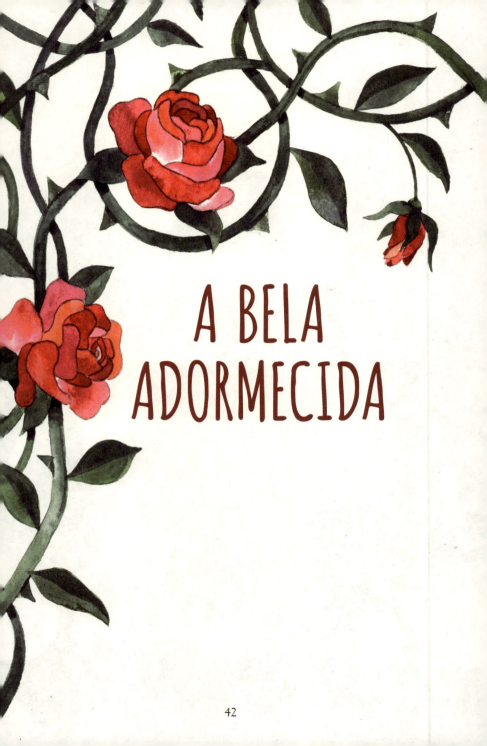
A BELA ADORMECIDA

Para o príncipe, estava claro: demônios vinha bebendo seu sangue.

Não havia outra explicação.

Não havia como explicar que um rapaz de 16 anos acordasse toda manhã com a cabeça latejando, a pele fria, úmida e pálida, e gotas de sangue nos lençóis. Não havia como explicar as pequenas feridas com bordas vermelhas em seu pescoço, seus bíceps e seu peito. Sequer havia como explicar que o príncipe sonhasse com formas sem rosto em cima dele, regalando-se dele... e acordasse sozinho, com a camisa rasgada.

A princípio, ele recorreu ao pai, o rei, mas nenhum pai quer ouvir os tormentos do filho no quarto, principalmente quando envolvem demônios que se opõem a Deus. O menino insistiu e mostrou o pescoço, as marcas amaldiçoadas, o que fez o rei convocar o médico, que avaliou o rapaz com instrumentos de madeira e metal e confirmou a suspeita do rei: o príncipe precisava de uma esposa.

Então, o rapaz recorreu à mãe, confidenciando a ela a palidez de que era acometido, as marcas de dedos ensanguentados em seus lençóis, os fantasmas assombrados pela manhã... mas a rainha sabia que não faria bem em acreditar nele.

Assim, aquilo continuou, o príncipe com medo de dormir à noite, mantendo os olhos arregalados e vigilantes

para o inimigo, só para sentir um cheiro estranho de rosas e acordar com a camisa rasgada, beijado pelo Sol como um belo adormecido, seu sangue novamente chupado.

As feridas na pele se curavam com o tempo, mas eram substituídas por outras, em todo seu corpo. O príncipe era prisioneiro do demônio, que não mostrava seu rosto nem parecia querer nada além de beber o sangue do rapaz adormecido, como um acordo, um sacrifício ou uma troca. Logo, uma vergonha sombria tomou conta do coração do príncipe, principalmente quando as moças começaram a disputá-lo. Agora, ele estava na idade de se casar, e moças apropriadas desfilavam diante dele todas as manhãs e todas as tardes, enquanto se mantinha sentado com um aspecto doente, devastado, o pai e a mãe ao seu lado, jurados de um concurso de beleza, dotes e talentos.

Havia a princesa de Sarapul, que lhe oferecera cem cerejeiras; a condessa de Khorkina, que enfiara a cabeça dentro da boca de um tigre; a marquesa de Saltimbanca, cuja dança com véus seduzira todos os homens a dormir... exceto o príncipe. Ele se manteve bem acordado enquanto a marquesa se contorcia e girava, os sininhos em seus tornozelos tilintando. Ela movimentou os quadris e abriu espacate. Os homens gemeram e caíram no sono, mas o príncipe continuava imune a tudo aquilo. Ao ver o pai roncando e a dançarina muito satisfeita consigo mesma, o príncipe fingiu dormir por pura educação. Uma ironia cruel, claro: com o demônio, o sono o enjaulava de maneira implacável, mas, diante dos charmes de uma mulher, afastava-se do príncipe como uma bolha de sabão. Por que o demônio o havia escolhido? Por que não outra pessoa? Mas o príncipe não poderia ter certeza daquilo. Houvera ocasiões em que notara em pajens, homens da cidade ou até um ou outro cavaleiro a mesma palidez assombrada, um lenço posicionado de forma estranha, um colarinho levantado que parecia estar escondendo alguma coisa, os mesmos olhos assustados que o príncipe via no espelho todas as manhãs, como se também tivessem sido vítimas daquele mal sem cura... Mas o príncipe afastou essa ideia da cabeça. Ele era o único. Era indiscutível. Havia sido *escolhido* pelo demônio. No entanto, quanto mais pensava a respeito, mais parecia ter sido uma escolha equivocada. O reino estava cheio de duques libertinos, padres corruptos, traidores odiosos. O próprio rei não escondia seu gosto por mulheres e bebida. O príncipe era um bom moço, temente a Deus, trabalhador, física e mentalmente disciplinado. Era inacreditável que tivesse se transformado no brinquedinho do demônio. O que havia de errado com ele? Seria um defeito de sangue? Uma perversidade em sua alma? O que quer que fosse, ele precisava resolver aquilo. Portanto, rezou mais, teve pensamentos mais puros, ofereceu aos cortesões toda sua atenção enquanto eles se pavoneavam e se exibiam. Ainda assim, o cheiro de rosas vinha, o horror da manhã, com mais sangue tendo sido chupado dele, as feridas cada vez mais profundas tentando-o com o alívio da morte, mas nunca chegando àquilo.

Então, o príncipe montou uma armadilha.

Um aro sólido, com dentes de aço, escondido em meio aos lençóis.

Por duas noites, o demônio não veio, como se soubesse que estava desafiando a sorte. Na terceira, no auge da escuridão, o príncipe sentiu o cheiro das rosas...

Um grito o arrancou do sono.

Havia algo em cima dele.

Não um demônio ou um monstro.

Era um rapaz mais ou menos da sua idade.

Tinha cabelo ruivo ondulado, um nariz comprido e delicado, a pele da cor da lua. O pulso ensanguentado estava enrolado na camisa, sua boca tremia, seus olhos brilhavam temerosos.

Uma mão machucada continuava presa à armadilha.

O príncipe estava sujo de sangue.

Sangue que não era seu.

Ele e o ladrão se encararam.

Um pássaro com a asa quebrada, capturado. Então voou – o ladrão saltou para a janela, ofegante, deixando um rastro vermelho, o príncipe em seu encalço. Mas o ladrão conseguiu fugir, deixando uma parte de si para trás.

Na primavera, o príncipe escolheu uma noiva. Não havia motivo para retardar aquilo. Os crimes noturnos haviam cessado, seus lençóis acordavam limpos, as manhãs chegavam com vigor e promessas. Todos falavam de como o príncipe parecia saudável, com a pele mais rosada, o peito mais aberto, como se o que quer que viesse lhe afligindo tivesse sido afastado e substituído pelo amor de uma mulher.

Ainda assim, a noiva que ele escolhera fora surpreendente: a condessa de Tagheria, que apesar de toda a sua beleza tinha um ar glacial e modos proibitivos, feito uma estátua valiosa demais para ser tocada. Enquanto as outras moças haviam competido pela mão do príncipe, a condessa simplesmente a reivindicara, insistindo que os dois deveriam se casar ao fim da primavera. O príncipe não oferecera objeção, como se estivesse à espera de alguém que decidisse seu destino. O rei achava que o príncipe deveria escolher uma moça mais animada; a rainha achava que ele deveria escolher uma mais humilde; mas, considerando que seu filho não falava mais de demônios visitando-o à noite, os dois deram sua bênção sem criar rebuliço.

No entanto, conforme o casamento se aproximava, o vigor do príncipe perdeu força, a palidez insone retornou. À noite, ele ficava acordado na cama, olhando para a janela que havia deixado bem aberta, perguntando-se o que havia acontecido com o rapaz que se regalava com ele. Quando o sono vinha, era espasmódico, cheio de sonhos com mãos feridas e corações desprovidos de sangue. Tais feitiços noturnos, que esquentavam sua pele e despertavam calafrios, tornaram-se seu cotidiano, os dias repletos de uma névoa sonolenta, a noiva ansiosa para envolvê-lo no planejamento do casamento, o príncipe retribuindo com olhares vazios, como se ela fosse uma desconhecida. Logo, os olhos da condessa se afiaram, como os de uma cobra que perde sua presa de vista.

Ela fez uma proposta.

Uma viagem de doze dias por reinos vizinhos em que demonstrariam seu amor, cheia de desfiles grandiosos, jantares oficiais suntuosos e bailes de gala, um tributo resplandecente ao casal, que faria com que o príncipe visse quão aguardado era seu casamento, e tudo o que estava em jogo. Era uma ideia maravilhosa, aplaudiu o rei, que acreditava que algum tempo a sós com sua noiva poderia restaurar o ânimo do filho. Logo, as malas estavam feitas e o casal partiu, sem preocupação com as despesas. E, embora o príncipe ainda se mostrasse melancólico, com as pálpebras pesadas, sempre satisfazia os desejos da condessa, alheio aos dele. De fato, pediu uma única coisa a ela, algo peculiar que a pegou de surpresa: que, a cada parada, pudesse se reunir com todos os locais a quem faltasse uma mão. Era um pedido fácil de realizar, principalmente considerando como o humor do príncipe melhorava só de saudar aquelas pobres almas e lhes entregar sacos de ouro. Que desperdiçasse seu tesouro com mutilados que nem conhecia irritava a condessa, mas ela não demonstrava nenhum sinal de seu descontentamento, exceto quando perguntou de repente, a caminho de Ravenna:

– Qual é seu interesse nelas? Nessas pessoas que pede para ver?

O príncipe ficou em silêncio, com os olhos fixos na janela da carruagem, como se tivesse deixado algo para trás.

– Muitas pessoas sofrem na vida – ela prosseguiu. – É seu destino. Ouro não pode lhes devolver a mão.

– O ouro é para ver se ele aparece – o príncipe respondeu, de maneira enérgica.

– Ele? – a condessa perguntou.

O príncipe não disse nada.

– Ele? – ela insistiu.

Houve um longo intervalo antes que o príncipe se virasse para ela.

– Um ladrão costumava vir a mim durante a noite. Ele perdeu a mão em uma armadilha. Quero devolvê-la a ele.

– Um ladrão, à noite – a condessa repetiu, sentindo as palavras azedarem sua boca. – E agora você quer recompensá-lo?

– Não – o príncipe disse. – Só quero devolver o que foi tirado dele.

– De um *ladrão* – a condessa teimou.

O príncipe voltou a olhar para a janela. Tinha sido um erro contar a ela. Principalmente porque agora a condessa o olhava de perto durante as reuniões em cada novo reino, atrás de quaisquer sinais de que o príncipe encontrara aquele de quem havia falado. Mas os olhos dele permaneciam inexpressivos, o ouro distribuído e os infelizes dispensados, até que os dois finalmente voltaram para casa, a condessa satisfeita que a busca do príncipe não tivesse sido bem-sucedida.

Ou era o que imaginava.

Porque, em Ravenna, ele havia encontrado o ladrão, ainda que quase não o tivesse reconhecido. Um casal intimidador havia feito o jovem se apresentar. Aduladores e com olhos gananciosos, os dois estavam claramente interessados no ouro que o filho conseguiria para eles. O rapaz em si se retraía, segurando o coto ao fim do braço. Estava muito diferente, com as bochechas afundadas e cadavéricas, os músculos delgados. Mal parecia o cupido travesso que bebia o sangue do príncipe ao luar. Príncipe e rapaz se encararam uma vez mais, o segundo se encolhendo nas sombras, como se a luz do Sol pudesse transformá-lo em cinzas. A cada passo que o príncipe dava em sua direção, o homem e sua esposa, que mais parecia um ogro, voltavam a estorvar, arrulhando e lisonjeando para conseguir mais ouro, elogiando o tamanho, a força e a virilidade do príncipe, até ele se cansar e atirar o saco de moedas na rua. O tolo e a velha mergulharam sobre o farnel, recolhendo cada moeda, enquanto o príncipe se curvava para o rapaz e escondia um bilhete em sua camisa, dizendo para ir à floresta de Edan na décima segunda lua.

Foi naquela noite que o príncipe e a condessa se casaram, com os jardins do castelo cintilando em meio aos cristais e às luzes, milhares de foliões influentes amontoados no laranjal, nos espelhos d'água e na fonte de Netuno, o rei e a rainha sentados em seus tronos como soberanos, controlando quem os cumprimentava com a devida obediência, enquanto duques e condes adulavam a recém-casada, sem se intimidar com a aliança em seu dedo. Ninguém prestou atenção quando o noivo escapou para a floresta que cercava o palácio e encontrou o ladrão de Ravenna, que já estava à sua espera como ele havia pedido.

Nenhum dos dois falou por um longo tempo. O rapaz ainda escondia o braço mutilado.

– Vamos – ele disse afinal, bufando. – Mate-me. É por isso que estamos aqui, não? Acabe comigo e volte para sua esposa. Ninguém vai notar que desapareci.

O princípio pegou algo no casaco, o que fez o ladrão estremecer, mesmo sabendo que devia encarar sua punição.

Mas o que tirou dele foi a mão perdida do rapaz.

Ele a estendeu ao luar, ao mesmo tempo oferecendo-a e mantendo-a perto, como se pertencesse a ambos.

O ladrão não se moveu, nem mesmo quando o príncipe se aproximou.

Com paciência, o príncipe pegou o braço dele, firme e forte, e encaixou a parte que faltava. Suas sombras se entrelaçaram, como os dois lados da lua.

Lágrimas brotaram nos olhos do rapaz.

Elas caíram no chão, fazendo brotar um leito de rosas. O cheiro delas entorpeceu o príncipe, cujos olhos se reviraram.

Ele despertou assustado...

A floresta estava manchada de sangue, sua camisa tinha sido rasgada e havia novas feridas em seu flanco.

Ele voltou ao casamento, um selvagem na noite, o peito à mostra, sujo de sangue, rosas no cabelo. Agora todos os olhos estavam nele, ao contrário de antes. Seu pai o beijou enquanto os foliões se aproximavam, cheirando e salivando no príncipe, depois se curvando, como uma matilha de cachorros diante de um lobo.

A princesa viu.

Ela também viu quando ele construiu sua própria torre no castelo, mais alta que todas as outras, apenas uma janela aberta na pedra, a entrada fechada com portas douradas, cada centímetro esculpido com rosas.

A princesa não tinha a chave.

Que o príncipe quisesse se isolar da esposa incomodava a princesa, mas ela não tinha a quem apelar, uma vez que o rei também fazia grandes esforços para evitar a rainha, e para além das costumeiras aparições em público os dois se mantinham em alas separadas do castelo. Ainda assim, havia algo de estranho em um homem bonito, na flor da juventude, que não se interessava pela esposa, por mais que ela vagasse pelo castelo usando rendas e sedas diáfanas. Rejeitada por tempo o bastante, era inevitável que a bela se transformasse em fera. A princesa ordenou que seus guardas vigiassem a torre do príncipe, atrás de visitantes. Nunca houve nenhum. Então, ela ordenou que outros três guardas se postassem no alto de uma árvore e vigiassem a janela do príncipe. No entanto, eles sempre caíam no sono e despertavam com o Sol, recordando apenas de um estranho cheiro de rosas. A princesa teve que sofrer sua fúria em silêncio, com o rosto abatido, o cabelo desgrenhando. Os olhos, que antes pareciam pedras preciosas, agora eram como pedras comuns, duras e frias. Enquanto isso, o príncipe emergia de sua torre dourada todas as manhãs, brilhando como o sol no céu sem nuvens, apesar de suas olheiras e das feridas vermelho-vivo em sua pele.

Se a princesa se satisfizesse com diamantes e champanhe... Afinal de contas, aquele fora o motivo pelo qual se casara com o príncipe, e os vestidos, as botas, a fama e todos os tesouros de uma princesa ainda lhe eram oferecidos em abundância. Mas o contentamento é passageiro. A cada manhã, com o príncipe parecendo mais e mais feliz, a raiva cozinhava no coração da princesa, um desejo de puni-lo pela felicidade que ela não lhe dera permissão de sentir. Logo, ela começou a sentir o chamado da magia das trevas, a invocação de uma bruxa, pois o que é uma bruxa além de uma princesa rejeitada por um príncipe?

Nas profundezas da noite, a princesa foi até as portas da torre do príncipe, seu cofre com rosas gravadas. Ela pegou uma faca, fez um corte na mão e manchou as portas de sangue, como um lobo marcando sua presa. A isso, seguiu-se um feitiço, e um espinheiro retorcido, denso e roxo, da cor do amor estrangulado, cobriu a torre de cima a baixo, seus dentes bloqueando a janela, como a armadilha que no passado fora posicionada na cama do jovem nobre.

Enfim, a princesa dormiu bem, certa de que a alegria do príncipe seria extinguida, mas na manhã seguinte lá estava ele, à mesa do café da manhã, com duas feridas novas próximas à abertura da camisa, o sorriso uma crescente bem-aventurada, dirigida vagamente para ela, como se mal recordasse o que ela fazia ali.

Do lado de fora, rosas tinham brotado no espinheiro.

– Chega de magia – a princesa decidiu.

Cuidaria daquilo com as próprias mãos. Seria o pior tipo de bruxa.

Naquela noite, esperou até que o príncipe fosse para a torre. Então, afiou uma faca de trinchar na cozinha e subiu pelas roseiras até a janela do príncipe. Ela entrou no quarto e o encontrou adormecido, esparramado nos lençóis brancos, com um meio sorriso no rosto, uma beldade esperando para ser acordada com um beijo.

Não esta noite, a princesa pensou. Ela cortou a garganta dele com a faca, depois desceu pela roseira, voltando ao próprio quarto na ponta dos pés, com um sorriso maligno no rosto.

Na manhã seguinte, a princesa se juntou ao rei e à rainha para o café da manhã, ainda sorrindo consigo mesma, e desfrutou da torrada doce e do crepe de morango, deixando que a calda escorresse por seu queixo, esperando que gritos viessem da torre quando as criadas fossem arrumar o quarto.

Em vez disso, às 9 horas, as portas do salão se abriram e o príncipe entrou, cantarolando baixo, olhos na esposa, usando um colar de rosas no exato ponto do pescoço que ela havia aberto.

A princesa pulou da cadeira, com os olhos ardendo, as bochechas vermelhas, o sangue fervendo a tal ponto que soltou um grito assassino e bateu o pé no chão de pedra, de novo e de novo e de novo, até abrir um buraco pelo qual caiu para a morte.

O rei e a rainha continuaram comendo suas torradas, pois aquele tipo de coisa costumava acontecer entre filhos e esposas.

Nos dias que se seguiram, o príncipe trouxe o rapaz de Ravenna para ocupar o lugar dela à mesa. Uma cicatriz feia, do mesmo tamanho e da mesma largura do colar de flores do príncipe, atravessava a garganta do rapaz, aparentemente feita por uma faca de trinchar. Era como se os dois tivessem trocado beleza e dor. O rei e a rainha olharam para o rapaz com a pele da cor da lua e o cabelo ruivo ondulado, mas não lhe fizeram perguntas, tampouco ele ofereceu respostas, e, de fato, como nada era dito, houve paz e tranquilidade, eram como uma família deveria ser. Até que, um dia, o rapaz não estava mais ali. Sua entrada no castelo fora proibida.

– Preciso de um neto – o rei disse ao príncipe, no mesmo tom em que no passado dissera que o filho precisava de uma esposa.

O príncipe olhou para a cadeira à sua frente. Onde o rapaz não estava.

– Você será rei um dia – o pai insistiu. – Um rei precisa de um herdeiro.

Os olhos do príncipe continuaram fixos na cadeira vazia.

– Dê-me um herdeiro e meus guardas não vigiarão sua janela – o rei prometeu.

O príncipe olhou para o rei.

– Se pais se devotassem ao amor tanto quanto investem em filhos – disse o príncipe.

Ele se retirou para a torre e nunca saiu de lá, nem para comer, nem para cortejar, nem por nenhuma das belas moças que foram mandadas à sua torre, ansiosas para lhe dar um herdeiro. Furioso, o rei mandou que os guardas selassem a janela do príncipe, mas, toda noite, os homens sentiam o cheiro de rosas e acordavam ao amanhecer, e mais tarde as criadas desciam do quarto do príncipe com lençóis manchados de sangue. Noite após noite, estação após estação, rosas e sangue, rosas e sangue, como um ritual de casamento, sem que o príncipe e seu visitante nunca fossem pegos. Até que o rei desistiu e dispensou os guardas, deixando o filho com sua vergonha.

Então, um dia, algo estranho aconteceu.

Uma criada estava trocando os lençóis, por conta das marcas usuais. Mas, quando se virou, o sangue tinha desaparecido, e em seu lugar havia um bebê.

Um menininho, com cabelo vermelho como uma rosa.

Quando soube, o rei foi correndo para lá e tirou o bebê do príncipe, mas então o soltou, chocado.

– Ele morde! – o rei disse.

O bebê também mordeu a rainha.

Mas, ao príncipe, não causava nenhuma dor, e viveu com ele na torre, isolado do mundo, a não ser pelo ladrão que entrava pela janela todas as noites para zelar por ambos até de manhã, como um visitante da lua.

Cuidado com pai ou mãe que querem um filho para compensar um coração partido. Muitas vezes, eles têm as melhores intenções, como este homem, com o cabelo antes vermelho como uma rosa agora branco, a pele flácida e uma corcunda, um homem que já tinha sido um menino, mantido pelos pais em uma torre, sufocado por seu amor, isolado até que fosse tarde demais para que encontrasse ele mesmo o amor. Agora, o homem quer uma criança que seja sua, mas sabe que a amaria demais, como seus pais o amaram, e em vez disso se dedica ao jardim com horta que se tornou seu mundo. Os repolhos, os alhos-porós, as leguminosas. Os jacintos, as campânulas, as dedaleiras. O jardim que o homem cultiva e controla, mas que não se ressente dele. Na verdade, prospera com a adoração de cada broto, nutrindo-o até que fique grande e forte e seja hora de colher e vender. Mas há uma coisa no jardim que não está à venda: o rapôncio, que tem as folhas mais verdes de todas, que floresce em tranças crespas, serpentinas, como as que seu pai fazia em seu cabelo depois que ficara comprido demais, cabelo que agora estava ralo e deixava visíveis as manchas em seu couro cabeludo oleoso. O rapôncio é a planta que o homem mais ama, e ele o deixa crescer e crescer, retorcendo-se e dobrando-se em si mesmo, como uma roca de fiar quebrada, como uma torre torta até a lua, até que finalmente sua vida acabe, e a planta murche e caia, num lembrete de que aquilo que se ama não pode ser protegido, e é por isso que o homem não deve ter um filho. Por ora, é o bastante, o rapôncio, subindo e voltando a descer, de novo e de novo, a vida e a morte em uma torre trançada, seu verdadeiro amor.

Até que uma mulher sente fome.

Ela mora em um chalé bonito de três andares, com duas criadas e vista para o jardim. Tem tudo o que poderia querer: um marido, um lar e uma criança na barriga. No entanto, isso não basta, não com o rapôncio ali, tão exuberante e apetitoso, crescendo só para morrer. A mulher olha feio para a figura esquelética se esgueirando no jardim, usando uma capa com capuz, toda encurvada, com o cabelo oleoso. Que tipo de bruxa mantém um jardim desse e deixa morrer seu mais belo prêmio? É uma pena que tenha confundido o homem com uma bruxa, pois se soubesse que era um homem teria feito tal pergunta a ele. Mas tudo o que a mulher vê é uma bruxa, por isso diz ao marido para pular o muro quando a lua estiver alta no céu e roubar o rapôncio. O marido sabe muito bem que é melhor ficar longe do jardim de uma bruxa. Além do mais, desejos desse tipo passavam. Mas aquele não passaria, porque a mulher não queria apenas o rapôncio – queria o amor que a bruxa dedicava a

ele, amor que ela queria sentir pessoalmente, e devorar, e provar, e consumir, para que ficasse em sua barriga, junto com o bebê.

– Não entende? – ela pergunta ao marido. – Preciso dele. Se não, vou morrer.

Homens não sabem como responder a esse tipo de coisa. Assim, na noite seguinte, o marido entra no jardim após a bruxa se recolher e rouba um punhado de folhas, não o bastante para que a esposa fique satisfeita, mas o suficiente para que a falta não seja notada. Quando o marido volta para pegar mais, a bruxa está pronta e o imobiliza contra os jacintos, com uma faca contra sua garganta. Que a bruxa seja um homem só deixa o marido ainda mais assustado. Ele implora por sua vida, em nome da esposa que deixou em casa, para que o filho que carrega no ventre tenha um pai...

Ele falou demais.

Vê isso nos olhos do outro homem.

O bruxo quer o bebê.

Mesmo que isso lhe faça mal.

Mesmo que não tenha direito sobre ele.

No entanto, já lhe deu um nome.

Rapunzel.

O marido não é tão leal.

Faz um acordo com o bruxo: o bebê em troca de sua vida.

Ele diz para a esposa que não teve escolha.

O que ela pode fazer? Seu destino está ligado ao dele.

Se ele morrer, ela morrerá também.

Sendo assim, está decidido.

O bebê nasce.

Então, é levado embora.

O jardim fica para trás, avançando pelos muros, entrando nas casas, selvagem e sedento de amor.

É um equívoco pensar que uma menina que cresce dentro de uma torre sonha com o mundo exterior. Como poderia sonhar com algo que nem conhece? Agora Rapunzel tem 15 anos. Como os anos passam rápido quando todos os dias são iguais, sem nada a que se apegar, nenhuma lembrança digna de se guardar. Quando ela olha pela janela, não vê nada além dos escudos da floresta e do fosso de espinhos mais abaixo. Seu cabelo é a única prova de que o tempo passou, as tranças brilhantes e lisas, da cor de um ovo dourado, cada semana um pouco mais compridas que na anterior, até que estejam da altura da torre. Quando era mais nova, Rapunzel costumava perguntar por que não podia descer e perambular livremente, como o pai fazia, por que não podia correr até os limites da floresta, com os porcos, os cachorros e as cabras que ela via indo e vindo, por que não podia colher as rosas selvagens entre a torre e as árvores. Então, seu pai voltava com baldes de rosas, um porquinho, um cachorrinho ou uma cabra, e Rapunzel aprendeu que, não importa o que desejasse do lado de fora da torre, o pai levaria até ela, como as fadas dos livros. A cada ano, os presentes ficavam mais extravagantes: vestidos da mais rica seda com brilhantes, mil-crepes com creme de baunilha, vasos de orquídeas e gloriosas, uma variedade de pássaros, gatos e coelhos para se juntar ao porco, ao *poodle* e à cabra já velhos. De onde essas coisas vêm ela não sabe; todos os dias, o pai se embrenha na floresta e retorna com novos tesouros, de modo que seu quarto antes humilde se tornou um palácio cheio de tapetes felpudos, cobertores de lã de ovelha, sabonetes e cremes suntuosos, até que ela esteja tão aconchegada e sedada que não pense mais em ir embora, só nos presentes que o pai vai trazer. Além disso, ele não leu uma vez uma história sobre um rapaz chamado João que subira em um pé de feijão para roubar um tesouro? E a moral da história era que ela devia deixar o trabalho de roubar gigantes para os homens? Rapunzel abraçou a preguiça de ser mimada, a doçura de ser a menina dos olhos de alguém. Seu único trabalho é obedecer quando ouve o pai gritar ofegante, ao voltar para casa, – Jogue-me suas tranças, Rapunzel! – como se temesse que ela pudesse não responder, como se temesse que, naquele dia, não houvesse cordas douradas descendo para permitir que em vinte minutos as escalasse e chegasse lá em cima. Rapunzel se aproveita disso, claro. A cada vez, ela espera um pouco mais antes de jogar as tranças. Ainda assim, sempre sente um alívio quando ele chama, pois o pai faz com que se sinta uma princesa, mesmo que seja apenas uma menina sem nada para fazer.

Mas algo mudou.

Ela tem menos paciência com os carinhos dele agora, como se o ritual tivesse envelhecido, sem que nada assumisse seu lugar, sem que tivesse outra direção a tomar. Rapunzel é ríspida com o pai, ele fica de mau humor, ela se arrepende, os dois ligados por aquela estranha quarentena que costumavam chamar de amor. Agora, ela passa mais tempo se olhando no espelho, demora-se no banho, sob as bolhas de sabão, passa batom por motivo algum. Seu sono é suado e agitado: sombras se esgueiram na noite, prendem-na com o cabelo à cama. A princípio, ela teme os sonhos. Depois começa a sentir falta deles quando não vêm. O pai insiste que não há nada a descobrir no mundo, que qualquer coisa que ela desejar, ele pode providenciar. Agora, Rapunzel desconfia que é mentira.

Ele se agarra mais a ela. Rapunzel nota o modo como a olha, tal qual um falcão acompanhando um coelho que pode fugir, percebe seus olhos duros refletidos no espelho, enquanto ela vislumbra sua própria beleza. Pela primeira vez, ela se distrai com alguém que não ele. Que a filha encontre prazer em si mesma não oferece nenhum consolo a ele. Quando ela canta à janela, ele resmunga que fique quieta, como se um vizinho pudesse ouvir. Quando ele sobe por suas tranças, agarra-se e puxa como se lhe pertencessem. Ambos querem mais, algo que não conseguem nomear, suas almas fornecendo apenas pistas, sem ter a coragem de colocar em palavras, de modo que os dois estão presos um ao outro, bola e corrente, nessa prisão criada por eles mesmos.

Até que, um dia, ele se demora muito, e quando os pássaros cantam para que ela venha à janela, pedindo uma música, Rapunzel canta livremente para o céu, sem a presença do pai para controlá-la.

Uma voz...

— *Jogue-me suas tranças, Rapunzel!*

Profunda, serena, sem nenhum espinho em aviso. Não parece o pai. No entanto, *deve ser*, ela pensa, suspirando, apertando os olhos para o abismo escuro ao crepúsculo. Ele sobe pelo cabelo dela com mais delicadeza e cuidado do que o normal, como se temesse machucá-la. *Ah, não*, Rapunzel pensa, *está tentando ser bonzinho*. Para que ela pense que vive em um lar feliz. De repente, ela gostaria de tê-lo deixado. Ter feito as malas e escapado. Mas como desceria? Para onde iria? Ela pensa nisso todo dia. Bem na hora que ele volta para casa. Então, já é tarde demais. Fica para amanhã. O pai sobe no parapeito da janela...

Ela recua, surpresa, agachando-se no chão de pedra, e o cabelo enrola em seu pescoço, como um colar.

Não é o pai.

Parece ser um rapaz mais ou menos da idade dela, talvez alguns anos mais velho, com pele macia e morena, olhos cinza como fumaça, um nariz largo e forte, uma boca

grossa e sorridente. Ele tem uma argola de ouro na orelha direita, e a cabeça raspada e quadrada.

Quem imaginaria que alguém pudesse ser tão bonito, com tão pouco cabelo?

Os animais de estimação de Rapunzel não fazem nenhum esforço para protegê-la dele. Por medo ou preguiça.

Ele diz a ela que é o príncipe de Aneres. Que a ouviu cantando durante suas cavalgadas pela floresta e a vem observando há semanas, à espera de um dia em que seu guardião se demorasse a voltar, para enganá-la de modo a subir em seu lugar. Rapunzel mal ouve uma palavra do que o rapaz diz, fascinada com os pelos de cavalo em suas mangas e a espada em seu cinto. É só quando ele fica quieto que se dá conta de que não o conhece. De que não o invocou das sombras de seus sonhos.

– O que quer de mim? – ela pergunta.

– Tantas coisas – ele diz.

O príncipe olha em volta do quarto, para o excesso de confortos, para as plantas grandes demais, para os animais gordos demais.

– Mas, principalmente, te levar daqui – o príncipe conclui.

– O único jeito de descer é através do meu cabelo. Para que você vá, é preciso que eu fique – ela diz.

– Então, virei todos os dias, até pensarmos em uma solução juntos – ele jura.

Ela não responde. Pelo menos não em palavras. Seu corpo se aproxima do dele, como se também quisesse coisas do príncipe, ainda que não soubesse o quê. Mas, no silêncio, ela sabe o que fazer, e seus lábios o procuram quando ele se inclina.

É algo tão estranho, um beijo, Rapunzel pensa. *Quem inventou?* Depois ela não pensa em mais nada, até que suas bocas se afastem.

– Quero mais – Rapunzel diz.

Ele sorri.

– Amanhã.

Então, vai embora, o som dos cascos punindo a terra em batidas constantes e suaves, até que tudo fica quieto, como se uma tempestade tivesse passado.

O pai retorna, alerta. Cheira e ronda, parecendo um cachorro farejando uma ameaça no ar. Não nota a marca de bota à janela, que o dorso da cabra apaga, ou os pelos de cavalo nas pernas de Rapunzel, onde o gato deita. (Não tinham medo nem preguiça, descobre-se, mas esperança!). Ainda assim, o pai sabe que tem algo de errado, e a repreende pelo cabelo desarrumado e pelo batom manchado. Quando ele dorme, estrangulando o travesseiro e roncando, ela se pergunta se consegue sentir o cheiro do beijo.

O príncipe volta no dia seguinte.

Antes que ela consiga se encher de beijos, ele quer conversar.

– Meus guardas e eu temos um plano para resgatá-la – ele diz. – Amanhã você virá comigo.

– Aos confins da terra? – ela pergunta, num sussurro.

– Ao meu castelo – ele responde.

– Ah. – Ela suspira. – Outra torre.

– Uma torre muito maior – ele insiste, apoiado em um joelho, com a espada na cintura, refletindo a luz. – Você será minha esposa. A esposa de um príncipe. Como as moças nos livros de histórias.

Rapunzel olha para ele. O pai nunca lera histórias daquele tipo para ela. Todas as histórias que lhe contava eram sobre moças que ficavam em casa enquanto os homens matavam monstros.

– Conte-me mais sobre a vida de esposa – ela diz.

– Você vai morar no palácio e vai ter criadas e cortesãos atendendo a todos os seus caprichos – ele responde.

– Parece opressivo – ela diz.

– Você terá vestidos, diamantes e riquezas com que nunca sonhou. Presentes do mundo todo, oferecidos por imperadores e reis convidados.

– Tenho riquezas aqui, e não preciso me arrumar para ninguém para conseguir outras – ela diz. – Além do mais, quem quer receber presentes de pessoas que não conhece? Parece pérfido.

– A esposa do príncipe o ajuda a conduzir o reino à paz e à prosperidade – ele diz, firme.

– Parece exaustivo – ela responde, com um bocejo.

O príncipe se levanta. – Então o que é que você quer?

– Correr livremente na floresta, de camisola, e dançar na chuva – Rapunzel diz.

Ela gosta de como ele está ficando irritado. Mas é verdade. Sempre que chove, é tudo em que consegue pensar. Como deve ser a sensação de não estar abrigada da chuva. Como deve ser se molhar.

– Só mulheres loucas fazem isso – ele a repreende.

– Não minha esposa.

Ontem ela teria ido aonde quer que ele a mandasse.

– Então, recuso seu pedido – ela diz.

O príncipe a encara.

– Como?

– Não quero ser sua esposa – Rapunzel repete. – Só quero seus beijos.

– Não é assim que funciona – ele a repreende de novo. – Para ser beijada, é preciso ser casada.

– Que tolice – ela diz. – Você só foi meu primeiro beijo. Com certeza preciso experimentar outros. Além do mais, como vou saber que não há beijos melhores, até receber mais beijos seus?

O rosto dele fica vermelho, desacostumado a discutir com mulheres. Se há algo que Rapunzel aprendeu morando com um homem, é que eles sempre precisam ser lembrados de seu lugar.

Mas aquele homem não cede.

Eles se encaram como iguais.

Um pensando que o outro está à venda.

– Sabe quantas moças gostariam de ser minha noiva? – ele resmunga.

– Aparentemente o preço delas não é muito alto – Rapunzel argumenta.

O príncipe fica furioso, seus lábios antes encantadores agora contorcidos em desprezo. Por um momento, ele a lembra do pai.

– Você está sozinha há tempo demais, ele diz, indo até a janela. Amanhã, quando eu voltar, terá mudado de opinião.

– Não precisa – ela diz. – Vou esperar por um príncipe que não cobre por seus beijos.

– Esse príncipe não existe – ele garante.

– Será? Vamos ver até onde vai minha música.

Ele contra-ataca:

— Se um príncipe beija uma moça que não é sua esposa, então ela não é uma princesa, e sim uma bruxa.
— Achei que você tivesse dito que esse príncipe não existe, ela o lembra. Para usar o "se", deve haver algum. Além do mais, você beijou uma moça que não é sua esposa, e em mais de uma ocasião. Então, me parece que gosta de bruxas.

Ela umedece os lábios.
— O que será que isso faz de você?

O rosto dele se ruboriza. Seus olhos ardem. O príncipe tira a espada do cinto e, com um único passo, ataca Rapunzel e corta seu cabelo, uma, duas, três vezes, deixando-o tão curto quanto o de um duende.
— Vamos ver quem vai beijar você agora – ele rosna.

A cabra, o porco e o cachorro o atacam, um zoológico de guardiões, e ele cai da torre, envolto em cabelo, direto na baía de espinhos.

Quando o pai volta, encontra um rapaz cego, debatendo-se em meio aos espinhos, preso pelos cachos da filha.

Os olhos do pai se enchem de lágrimas.

Boa menina, ele pensa.

Boa menina.

– Não se aproxime! Tem uma bruxa na torre! – o rapaz grita, ouvindo-o se aproximar. – Não se aproxime!
O pai se inclina sobre ele.
– Não é uma bruxa – ele diz. – É minha princesa.
Suas lágrimas caem nos olhos do rapaz, devolvendo-lhe a visão e curando-o.
O príncipe dá uma olhada nele.
E foge.

Não há como subir até ela.
As tranças estão em pedaços. A corda dourada foi desfeita.
Ela está lá em cima, e ele está aqui embaixo.
Por isso, ele planta rapôncios sob a torre. Assim como ela, lá em cima, em um vaso à janela, as gavinhas descendo rumo à terra.
Pouco a pouco, as vinhas dele buscam as dela, e as dela buscam as dele, ficando mais fortes em ambos os extremos, mês após mês, rapôncio a rapôncio, até que se tocam.
Agora está pronto, a ponte está completa. O pai sobe e a filha desce. Os dois se encontram no meio, ensopados pela chuva da meia-noite, em um felizes para sempre perfeito. Ele a abraça, sua preciosa Rapunzel, e finalmente se pergunta se não é o bastante, o amor que ela alimentou até alcançá-lo, o amor que pode preencher o buraco em seu coração. Então, ele abre os olhos e está segurando apenas as folhas retorcidas, não há mais ninguém ali, e o homem olha para o grande jardim à noite e vê uma sombra dançando livre na chuva, como um espírito roubado no caminho para casa.

O que fazer com um menino como João? Aos 14 anos, ele ainda espera que a mãe passe manteiga no seu pão. Passa os dias à toa, brincando de bolinha de gude, inventando músicas e olhando para as nuvens. Ele só se anima quando vê uma menina bonita passando, estufa o peito, mas então a mãe põe a cabeça para fora da janela e grita:
— João, vá tirar o leite daquela vaca inútil!

E ele vai para o celeiro, para ordenhar Branca Leitosa, desejando ter sua própria casa, onde ele e Leitosa pudessem viver juntos, não ali, onde não eram respeitados. João não gosta da mãe, em especial porque ela não lhe quer bem, então ele sonha em ser alguém importante para poder jogar isso na cara dela; esse, sim, seria um final feliz: provar que a pessoa que te ameaça, como se você não fosse nada, está errada. No entanto, João não consegue deixar de ser um fardo para a mãe. Quanto mais ela o despreza, mais João se agarra a ela, comendo sua comida, desfrutando de sua água quente, andando pela casa com as botas lamacentas e quebrando as coisas dela como se fosse um ladrão gigante, até que a mulher para de tentar manter o lugar em ordem, por que qual o sentido nisso?

Naturalmente, ela culpa o pai do menino, pois é dever do pai colocá-lo na linha, mas o homem era tão inútil quanto o filho. Ficava perambulando pelas ruas, abordando desconhecidos e importunando-os, tentando obter moedas só para perdê-las nos dados e depois apostar valores que não tinha como pagar, deixando-o sempre em dívida com homens mais espertos e mais sóbrios. Só quando a lua já estava alta no céu ele ia para casa, bêbado, falando sobre todos os tesouros que compraria quando sua sorte mudasse. Antes que a esposa pudesse lhe dar um tapa, ele a beijava e lembrava:

– Não fui eu quem ganhou Branca Leitosa nos dados? Não fui eu quem lhe deu um filho?

E o que ela podia dizer? Era tudo verdade. O que dizer quando o marido falava a João, com carinho, que Deus o abençoara com charme, e que meninos como ele tinham casamentos excelentes, como havia acontecido com o próprio pai? Aquilo era verdade, pois a mãe de João havia sido a donzela Alina, uma moça encantadora e trabalhadora, que todos os jovens da cidade queriam ter como esposa. Ela escolhera o pai de João porque ele era tão bonito quanto preguiçoso, e pensara: *É melhor casar com alguém bonito, porque a preguiça é algo que se pode mudar.* Mas a mãe havia aprendido uma lição! Ela vira o marido acabar com cada centavo que tinham, vira suas dívidas se amontoando, até que um dia os credores foram atrás dele, cinco sombras corpulentas à porta, como espectros de gigantes, que o levaram embora e nunca o trouxeram de volta. É o que se consegue ao se casar com um homem achando que pode mudá-lo. Agora, a mãe de João é pobre, não tem ninguém e está presa ao filho, tão incorrigível quanto o pai.

O menino devia saber que o pai tinha sido afogado no pântano ou jogado numa vala, a mãe imaginara; aquilo serviria de aviso e o menino, temeroso, tomaria jeito na vida. O que ela não sabia era que ele inventara sua própria história a respeito: o pai não estava morto, só tinha sido levado para uma terra no céu, onde seria coroado rei. Quando a mãe tentara fazê-lo encarar a verdade, já era tarde demais.

– É o que ele *quer* que você pense – João dizia a ela. Segundo o menino, o pai havia encontrado o felizes para sempre, livre das garras da esposa, e agora contava suas riquezas em um castelo distante, à espera de que o filho se juntasse a ele.

– Um dia, ele vai voltar por mim – João continua insistindo. – Você vai ver.

A viúva só pode cerrar os dentes e continuar passando manteiga no pão do menino, pois está claro que será ainda mais tolo que o pai. Não há dúvida: João vai morar com a mãe até que estejam ambos velhos e grisalhos. Afinal, que moça digna se casaria com um rapaz daqueles?

Aos olhos da mãe, João quase não tem charme. Talvez haja algum em seus olhos verdes pretensiosos, seu sorriso torto, nos cabelos castanhos vastos que ele vive soprando para tirar do rosto: *puf-puf-puf*. Mas suas roupas estão sempre amarrotadas e seus cadarços, desamarrados, e ele trota sobre pernas magras e compridas, com a bunda balançando, como se nunca tivessem lhe ensinado a andar direito. Como ela resmunga com ele, queixa-se dele, mas João sabe que não adianta discutir com a mãe, por isso guarda tudo o que gostaria de dizer, vai para o celeiro e desabafa com Branca Leitosa. A velha vaca o ouve, obediente. Já foi jovem e pura, mas então o pai a ganhou nos dados e a levou de um lar perfeitamente bom para a casa deles, onde pastava no quintal quase morto, alimentando-se mal, sem espaço para vagar, até que não passasse de um saco de ossos preguiçoso, que dava uns esguichos de leite a cada manhã, antes de se agachar com um peido, bocejar e voltar a dormir. Mas, *ah*, João a adora, e faz carinho na barriga da vaca como se ela fosse sua mãe, uma mãe que não o julga, não o repreende e não grita com ele. Em troca, na maior parte das noites, João lhe leva metade de seu jantar.

– Se você se preocupasse comigo metade do que se preocupa com aquela vaca – a mãe de João resmunga –, arranjaria um emprego. Ganharia dinheiro. Seria alguém na vida.

– Branca Leitosa já acha que sou alguém – João responde.

– Um dia, Branca Leitosa vai secar e vamos ter que vendê-la. Vamos ver o que ela vai achar de você quando essa hora chegar – a mãe retruca.

Mas João só ri e diz:

– Branca Leitosa é uma vaca mágica, e o leite de vacas mágicas nunca seca.

– Bem, o que posso dizer depois disso?

Mas, é claro, chega o dia em que João vai para o celeiro com seu balde e volta sem um pingo de leite, de manhã, à tarde e à noite. Branca Leitosa só fica encolhida, aguardando pelo jantar, embora não tenha feito nada para merecê-lo. Mas, mesmo sem leite, João ainda a ama muito, e isso deixa a mãe furiosa, porque sua relação com o marido inútil e imprestável foi assim também, até que ele tivesse deixado ambos arruinados.

Chega.

É hora de o menino crescer.

Na manhã seguinte, ela amarra uma corda pesada no pescoço da vaca.

– Vamos vender Branca Leitosa – diz. – Vou levá-la ao açougueiro e conseguir um bom dinheiro por ela.

– Não! Eu arranjo um emprego! Vou trabalhar dia e noite! Faço qualquer coisa! – João grita.

– Então, arranje! – a mãe o desafia.

O menino tenta, mas ninguém o quer, nem o ferreiro, nem o moleiro, nem o padeiro, porque todos conheciam o pai dele, o que significa que conhecem o filho também. Só o varredor de rua tem pena e lhe oferece duas moedinhas de cobre por um dia de trabalho, recolhendo esterco dos cavalos que passam, mas João só aguenta até a hora do almoço, pois o cheiro e as dores fazem sua determinação fraquejar, assim como pensar no pai em seu castelo no céu, contando todo o ouro que poderia ser de seu filho.

Assim, a viúva puxa a vaca porta afora, ignorando os apelos de João, pronta para conseguir um bom preço na venda.

– Deixa comigo – João insiste, bloqueando a passagem. – Ou ela vai saber para onde está indo. Vai ficar assustada.

Isso a mãe não pode lhe negar, porque vai continuar convivendo com o filho por muito tempo depois de Branca Leitosa ter virado carne, e precisa que ele aceite isso.

– Então, vá logo – a mulher bufa. – Mas não aceite menos de dez moedas de prata por ela, ou vai levar uma surra!

É uma longa caminhada de despedida. O menino e a vaca mágica, que ficou sem leite, mas nunca sem amor, caminhando lado a lado pela estrada de terra que vai das casas até a praça do mercado. A cada tantos passos, Branca Leitosa olha para João com olhos tranquilos e vidrados, mas ele só beija seu focinho e afaga suas orelhas, como se fossem ficar juntos até o fim do mundo, onde seu pai o espera em meio aos campos de ouro.

Mas Branca Leitosa sabe. Sente o cheiro do açougue a quilômetros de distância.

Conforme os dois se aproximam, João nota uma mulher à beira da estrada. Está em meio à grama e às ervas daninhas, com os braços cruzados sobre a blusa branca e curta, a saia colorida balançando ao vento. Sua pele é morena e parece macia, seus lábios são perigosamente vermelhos, seus olhos são esverdeados. Argolas douradas tilintam em seus pulsos e orelhas.

– Minha querida – a mulher diz, olhando para a vaca.

– Alguns animais têm alma velha.

– Leitosa é assim. Minha boa e velha amiga – João diz. – Vou conseguir dez moedas de prata por ela.

A mulher franze a testa.

– Dez moedas de prata? Ah, não. Não, não, não. Leitosa vale muito mais que isso.

Ela afaga a orelha da vaca.

– Venda pra mim. Tomarei conta da vaca direitinho. Não deixarei que vire comida no prato de ninguém.

João é firme.

– Você vai me deixar comprá-la de volta quando tiver dinheiro?

– Se me pagar um preço tão justo quanto o meu, sim – a mulher diz.

– E quanto você oferece? – ele pergunta.

Ela tira do bolso cinco grãozinhos, verdes como esmeraldas, que estremecem ao sol.

– Feijões? – João desdenha.

– Feijões *mágicos* – ela esclarece.

Pff, João solta, mas a mulher se inclina para a frente, põe a mão nas costas dele, aproxima os lábios de seu ouvido...

– Plante-os no jardim de casa, e eles crescerão até o céu. Chegarão mais alto do que as nuvens. Novos mundos te aguardam. Seus problemas ficarão para trás.

Ele olha para a mulher, que tem olhos hipnóticos, hálito doce.

Papai, João pensa.

Em casa, a manteiga acabou. A viúva tem que comer o pão seco.

João entra na casa correndo, como um prisioneiro saindo da cadeia, sem a vaca a seu lado.

— Bom menino. — A mãe suspira. — Quanto conseguiu por ela? Dez? Quinze?

Ele estende a mão, e os feijões parecem baços à luz fraca.

— Feijões mágicos! Eles crescem até...

João nem consegue terminar. A mãe bate nele até que o sol se ponha, e o manda dormir sem ter comido nada.

Ele chora na cama. A surra meteu algum juízo em sua cabeça. Logo vai fazer 15 anos. Sem vaca, sem

namorada, sem respeito – só com um punhado de feijões.
Que idiota. A mulher devia ter olhado para ele e sabido na
hora que podia enganá-lo. João pensa em Branca Leitosa.
Talvez tenha encontrado um bom lar. Ou talvez a mulher
o tenha vendido ao açougueiro. Pobre vaca. Ele falhara
com ela, assim como seu pai. Não existiam palácios no
céu, assim como não existiam feijões mágicos que re-
solvessem seus problemas. A mãe estava certa sobre ele.
Sempre estivera. João joga os feijões pela janela e enfia a
cabeça debaixo do travesseiro. Amanhã vai voltar à cidade.
Amanhã vai voltar a varrer esterco, de cabeça erguida.

    Na maior parte dos dias, João acorda com um raio de
luz batendo no olho e os mugidos altos de Branca Leitosa,
exigindo a alimentação matinal para poder voltar a dormir.
Mas, hoje, não há nem o sol incômodo, nem a vaca insis-
tente, só uma escuridão densa que o mantém confortável
na cama até estar totalmente descansado, virar-se com um
bocejo, olhar pela janela e ver o pé de feijão gigante que
surgiu no jardim.
    João cai da cama.
    Ele vai para lá enquanto veste a calça, o que não é
uma boa ideia e o faz cair de cara na lama. Devagar, João
ergue os olhos para a coisa subindo ao céu, um talo verde
e colossal da largura de dois elefantes, retorcendo-se em
meio às nuvens, muito além do que sua visão alcança. A
mãe está ali, no jardim, assim como os vizinhos, todos protegendo os olhos e perfeitamente imóveis enquanto miram
o pé de feijão, como se esperassem que algo descesse ou
que alguém subisse.
    Eu, João pensa.

Tem que ser eu.

Porque foi ele quem arranjou os feijões mágicos.

O que significa que a mulher que levou Branca Leitosa estava falando a verdade. E, se estava falando a verdade quanto aos feijões, também estava sobre...

E lá vai João, pulando no pé de feijão como um lagarto voador, as mãos agarrando os veios, içando-se para cima.

– Não, João! – a mãe grita, mas não totalmente convicta, como se agora ele não fosse mais ser problema dela.

Pouco a pouco, ele sobe, sentindo o cheiro do pé de feijão maduro, denso, fresco, sentindo o coração inchar, como se essa fosse a vida que deveria levar, grandiosa, indômita, misteriosa, muito diferente da vida na cidade velha e tola que está deixando para trás. Todo aquele esforço, e o fato de não ter jantado nem tomado o café da manhã, deixam João faminto, mas ele persiste, enquanto as nuvens se aproximam e os pássaros bicam seu corpo, sem saber se é amigo ou inimigo. Ele só titubeia uma vez, quando seus pés escorregam e seu corpo cai, até que suas mãos agarram o pé de feijão, e pela primeira vez na vida João sente que sua sorte mudou.

Finalmente, ele chega ao topo, onde folhas verdes se ligam umas às outras, como um labirinto de nenúfares gigantes, uma selva quente e úmida, onde tudo parece ter o dobro do tamanho normal, as árvores, as pedras, as flores, os frutos... Tudo o que João quer é comer, mas, então, ele ouve um rugido forte e vê alces e lêmures passarem depressa, olhando assustados como se dissessem: não vai encontrar comida aqui, porque *você* é a comida. João corre, mesmo que não saiba de quem ou para onde está correndo...

Ele vê uma casa. Maior do que qualquer outra que já tenha visto. Ou mais alta, pelo menos. Tão alta quanto um castelo, a madeira verde e mofada, com duas alas saindo da parte principal, todas as janelas fechadas. Parece uma gárgula adormecida, emaranhada aos galhos salientes, como se a selva a tivesse contornado ao se formar. A aldrava na porta é de ouro sólido e tem o rosto de um monstro, o que faz João parar por um momento, mas o rugido retorna, mais animais fogem e ele bate na porta, *toc-toc-toc*.

João enxuga o rosto e sopra o cabelo, *puf-puf-puf*. Ninguém atende. Ele bate de novo.

Então, a porta se abre.

O estômago de João se revira.

– Pai?

O homem parece com seu pai, a barba morena e farta, a juba espessa, a testa enrugada, só que mais magro, muito mais magro, sem a barriga flácida e o peito amplo, só pernas ossudas parecendo dois gravetos. O homem o encara com firmeza, sem parecer reconhecê-lo.

– Não sou seu pai – ele resmunga. – Estou ocupado demais para ser pai, com a senhora e tudo mais. É melhor ir embora antes que ela volte, porque aí você vai ter problemas. Anda.

Ele começa a fechar a porta, mas João a segura com o pé.

– Por favor, pai. Estou com fome. Não pode me dar algo para comer? Só o bastante para o caminho de volta.

– Não sou seu pai – o homem repete. Dessa vez, João sabe que é verdade, por conta de seus olhos frios. O garoto recua, afastando-se da porta...

Então, algo muda na expressão do homem, como se ele ainda não quisesse se livrar de João.

– Um menino da sua idade não devia ser só pele e ossos – ele rosna. – Entre antes que ela volte. Vou te dar comida e te mandar de volta pra casa. Anda, anda! Depressa!

Ele segura a porta aberta, fazendo sinal para que o menino entre, mas João não entra, parte direto para cima do homem, que recua, surpreso, mas é tarde demais: o menino já o está abraçando. É um abraço forte, um abraço gigante, mesmo que saiba que não é seu pai, que não é a casa dele, mas, *ah*, é tão parecido, tão parecido, e para alguém como João, parecido é bom o bastante.

É uma casa estranha, vazia, com mais espaço do que coisas, mas João nem olha direito, só vislumbra o pé direito alto, os poucos pássaros em seus ninhos, a cama muito maior que a sua, antes que o homem o conduza até a cozinha e aponte com severidade para a mesa e a cadeira.
 João se senta e observa os movimentos do homem, tirando ingredientes da despensa lotada, reclamando de passar a vida toda na cozinha e de querer ir embora, mas é isso que lhe cabe na vida, e não há como mudar.
 Definitivamente não é seu pai, o menino pensa, pois seu pai não sabe cozinhar. Além do mais, o pai teria ficado muito feliz em vê-lo, como ficava todas as noites ao voltar do bar, cheirando à cerveja e carne, abraçando João tão forte que ele achava que seus ossos poderiam quebrar. Mas este pai não retribuiu seu abraço, e é todo irritadiço e descarnado, enquanto seu pai era carinhoso e redondo, o que leva João a se perguntar que tipo de esposa faria isso a um homem.
 Pratos vão para a mesa e, enquanto o menino se ocupa com seus pensamentos, o homem faz panquecas com calda, montes de bacon e três ovos molinhos. É uma refeição completa e João só vira um banquete assim nas poucas vezes em que a mãe tentara recompensar o pai, porque ele tinha conseguido um trabalho, porque parara de beber ou porque agira de modo respeitável, o que nunca durava muito.
 João come tanto que sua barriga se transforma em um saco de açúcar e gordura e sua mente, em uma névoa prazerosa. Então, nota seu anfitrião sentado do outro lado da mesa, olhando fixo para ele.
 — Não vai comer? — João pergunta.
 — A senhora não gosta que eu coma sem ela — o homem diz.

– A senhora não está aqui – João pontua.

– O que aconteceu com seu pai? – o homem pergunta.

– Desapareceu – João diz. Ele faz uma pausa, pensando melhor. – Na verdade, foi morto. Tinha dívidas demais. O homem franze a testa.

– Não é certo abandonar um jovem. Pelo menos você tem mãe, não?

João suspira.

– Pra ela, nunca faço nada certo.

– Parece com a senhora – o homem desabafa.

Batidas fortes chegam do jardim...

Ou pelo menos é o que parece, como trovões caindo, a casa inteira se sacudindo em eco. Os pratos estremecem e escapolem das mãos de João, estilhaçando-se no chão.

Ele olha na hora para seu anfitrião, com medo de levar outra surra, mas o homem já está de pé e levanta João pelas axilas, então o joga dentro do forno e fecha a porta. João olha por uma fresta na pedra, vê o homem indo de um lado para o outro, apressado, arrumando a bagunça...

– *Fi, fa, fo, fum,*
Sinto cheiro de futum!

O rugido ribomba nos ouvidos de João. É uma voz furiosa, como a de uma alma vazia, cada vez mais próxima...

– *Esteja vivo ou morto o meninão,*
Vou moer seus ossos e fazer pão!

As portas da casa se abrem com tudo, revelando a sola preta de um pé descalço, tão grande que seria capaz de esmagar o que quer que fosse. A senhora entrou, com seus três metros de altura, trazendo um cheiro sufocante

de terra fétida, sua pele um verde-acinzentado, seu cabelo escuro entremeado de folhas, gravetos e larvas. Talvez, no passado, a giganta tivesse um rosto humano, mas agora é uma máscara furiosa, os olhos injetados, os dentes amarelos rangendo, os punhos parecendo pedras. João só viu monstros nos livros de histórias, mas há um bem ali, em carne e osso, tão real quanto possível. No entanto, o modo como ela irrompe na casa, uma nuvem carregada de infortúnio, a penúria encarnada, lhe é estranhamente familiar, como se já o tivesse visto antes.

– Tem um menino nesta casa! – ela grita. – Um menino inútil e ossudo, que ninguém mais quer! Sinto seu cheiro em cada canto e recanto! Marido, quero esse menino cozido para o café da manhã!

O coração de João salta no peito. Ele não sabia que dava para sentir o cheiro daquele tipo de coisa.

– Besteira, são só suas roupas de baixo, que precisam ser lavadas – o marido diz. – O que trouxe da caçada?

A giganta tira uma bezerra branca do cinto, ainda viva, amarrada pelos tornozelos, e a joga na mesa.

– Pode assar, assim leitosa e branquinha! E limpe a casa, seu vagabundo! Está tão suja que sinto cheiro de menino quando não há nenhum aqui!

É isso que a ogra diz, enquanto João, no forno, se preocupa com seu cheiro de inútil, com a doce bezerra prestes a ser abatida, com o fato de que está preso na casa de uma giganta. Depois, a ogra vai contar seus sacos de ouro e pega no sono à mesa, roncando tão alto que a casa toda volta a estremecer. Depressa, o marido abre o forno, deixa João sair e o empurra na direção da porta, antes de voltar à despensa para procurar temperos para cozinhar a bezerra que sua esposa trouxe. João sabe que deve ir embora imediatamente, de mãos vazias. É a maneira certa de agir, o que um menino direito faria... Mas, às vezes, há coisas mais importantes na vida do que fazer o certo. Ele pega a bezerra debaixo de um braço, um saco de ouro debaixo do outro e vai embora, passando pela giganta adormecida. Sai da casa e desce pelo pé de feijão, o mais rápido que suas pernas permitem. João desce, desce e desce, e quando chega ao chão, com o sol no ponto mais alto do céu, encontra sua mãe e seus vizinhos, bem onde os havia deixado, presos à sua sombra gigantesca. Enquanto se mantém abraçado à bezerra, esvazia o saco de ouro, que

brilha ofuscante, e parece alto como um dragão, olhando feio para a mãe ao perguntar:
— E agora, o que tem a dizer?

Alguns meses depois, a mãe voltou a pegar em seu pé. Por um tempo, houve esperança. João ficou famoso na cidade, moças lindas aceitavam na hora convites para ir com ele ao Le Gavroche, onde comiam peito de pato e suflê de chocolate enquanto ele as regalava com a história de como escapara da giganta, esperando ganhar um beijo em troca. Mas um saco de ouro se esgota depressa, principalmente com uma bezerra para alimentar e a mãe reformando a casa e se comprando botas de couro macio e peles de raposa que iam da cabeça aos pés, com seu próprio séquito de admiradores cada vez maior.

Logo, acabou, acabou tudo, assim como acabava quando o pai de João ainda estava com eles. A fama passa. As moças se distanciam. As pessoas começam a olhar para João tal qual olhavam antes. A mãe, agora, passa todas as noites em casa, e não na cidade, repreendendo João severamente por comer sua comida, usar sua banheira, respirar forte demais, ocupar espaço. Suas reclamações e seus gritos, piores do que nunca. Quando ele fecha os olhos à noite, ouve a voz dela crepitando sobre sua cabeça, então os rugidos da ogra, e não consegue mais distinguir quem é quem.

Lá fora, no jardim, a bezerra berra de fome. João se deita ao lado dela, fazendo-lhe carinho e a tranquilizando até que durma, assim como fazia com a pobre Branca Leitosa. Mas João não consegue dormir, porque acha que a bezerra vai crescer como Leitosa, condenada a ser vendida e a deixá-lo sozinho, outro lembrete do quanto sente falta do pai. Por isso, ele andava procurando uma moça. Quer uma substituta para seu amor. Quer ter alguém que se importe com ele. Se João tivesse todas as riquezas do mundo, não compraria roupas, joias e casas, como a mãe. Compraria uma nova família. Quanto deve custar?

Deitado em meio às ervas daninhas mortas, ele olha para cima, para o pé de feijão, tão verde que vence a noite, tão grande que apequena as estrelas. João não ousa subir. A giganta malvada acabaria com ele. E não pode aparecer na frente do homem, que cuidou dele como um pai e a quem João depois roubou como se fosse um ladrão qualquer. Mas foi preciso. Porque seu pai de verdade não tomava conta dele. *A verdade é essa*, ele pensa, com lágrimas escorrendo pelas bochechas. O pai dele não foi um herói. O pai dele o deixou para se defender sozinho. Prometeu castelos no céu, mas nunca chegou nem perto disso. João chegou. Muito perto. Foi isso que o fez subir no pé de feijão: o propósito de encontrar uma vida mais grandiosa do que a que a mãe lhe reservava. E, por um breve e cintilante momento, ele conseguiu isso. Foi João, o Grande. João, que redimiu tanto a si mesmo quanto ao pai. Se pudesse voltar lá e tentar de novo... pegar outro saco de ouro, talvez dois... talvez pudesse começar uma vida nova...

Mas o ouro sempre acaba, como de fato acabou. João volta a olhar para o chão. Não há como escapar do que lhe foi reservado. Seu pai aprendeu a lição. João tem que derrubar o pé de feijão, esquecer que já teve feijões mágicos. De outro modo, vai acabar numa vala, como o pai, vítima de seus próprios sonhos. Há um machado apoiado contra a cerca do jardim. Alguns bons golpes e o pé de feijão cairá por terra...

Mas os dias se passam, e o pé de feijão continua ali. Então, uma noite, a mãe se esgueira até o jardim enquanto o filho dorme e tenta roubar a bezerra dele. Mas o animal grita e desperta João bem na hora. A mãe sai correndo, porque não quer brigar, mas agora João sabe que ela está disposta a vender a bezerra pelo preço alto da vitela, a bezerra tão preciosa pela qual arriscou a própria vida, antes mesmo que o animal tenha a chance de crescer. Ogras no céu, ogras na terra. Nenhum lugar é seguro para ele agora.

Ao alvorecer, ele sobe pelo pé de feijão.

Quando chega ao topo, o homem está ali.

– Sabia que você viria – ele diz.

Não faz nenhuma menção ao ouro, nenhuma menção à bezerra. Em vez disso, guia João até a casa, lembrando-o de que a senhora saiu para caçar, então é melhor serem rápidos.

O café da manhã é um banquete: rabanada com frutas, rolinhos de canela e caramelo, maçãs do amor.

– Não tem uma bruxa malvada que atrai crianças até sua casa com doces, para comer todas? – João pergunta, de boca cheia.

– Dá trabalho demais cozinhar uma criança – o homem diz, com um suspiro.

João engole.

– Então, você já fez isso?

– Cozinho o que quer que a senhora me traga. E muitas crianças sobem aqui atrás de uma vida nova, como você.

– Então, por que está me ajudando? – João pergunta.

O homem parece triste.

– Sei como é. Querer uma vida nova. A diferença entre nós é que você está disposto a se arriscar.

Ouvem-se passos fortes no jardim...

João é derrubado de sua cadeira, pratos quebram, rugidos chacoalham a casa.

– Fi, fa, fo, fum,
Sinto cheiro de futum!

João vai para o forno. O homem arruma a bagunça... A porta se abre com tudo, e ali está ela. Mãe Terror, com o cabelo arredio, os dentes à mostra, um pavão morto em cada mão.

– Onde está ele? Onde está o ladrão inútil? Ele roubou minha bezerra! Roubou meu ouro! Sinto seu cheiro na minha casa! Troço sujo e imprestável! Traga-o aqui, marido! Vou moer seus ossos e fazer pão com eles!

O marido não a leva a sério.

– Não seja tola. Ninguém roubou nada. A bezerra fugiu, e você contou seu ouro errado. E esse cheiro é dos seus pés, que estão precisando de uma boa esfregada.

– A única coisa que precisa de uma boa esfregada é essa casa! – a esposa grita. – Um saco de ossos preguiçoso, é isso que você é! – Ela larga os pavões na mesa. – Agora faça algo de útil e cozinhe isto aqui! E me traga minha harpa de ouro! É melhor que ouvir seus ganidos!

João vê o homem pegar uma pequena harpa cintilante, feita de ouro, a qual a ogra agarra com seus dedos gordos. Ela deixa a harpa tocando, flocos dourados se soltando de suas cordas.

Depois de um tempo, a giganta pega no sono.

Rapidinho, o marido tira João do forno e o empurra rumo à porta.

Mas, quando o outro lhe dá as costas, João não consegue se segurar. Rouba a harpa e sai correndo...

Mas a harpa é mágica.

E coisas mágicas não são levadas a troco de nada.

– Mestre! Mestre! – a harpa começa a gritar.

A ogra acorda com um pulo, os olhos arregalados, as narinas bem abertas. De pronto, ela se lança em cima dele, com os punhos cerrados, para esmagá-lo...

Um caldeirão atinge sua cabeça, vindo de baixo. A giganta recua, olhando boquiaberta para o marido, que atira uma panela nela, depois um pavão morto, então o outro. Quando ela recupera os sentidos, o homem sai com João pela porta, desce pelo pé de feijão, com a ogra em seu encalço, atirando árvores e pedras no caminho, seus passos abrindo crateras no céu.

O homem abraça João junto ao corpo.

– Por que está fazendo isso por mim? – João pergunta.

– Não é por você – o homem diz. – Mas é por sua causa.

E, agora, João compreende.

Um subiu para que o outro pudesse descer.

Ambos em busca de uma vida melhor.

Juntos, eles descem, a giganta pulando no pé de feijão, seguindo atrás deles. João é mais ágil e conduz o homem para baixo, avista o chão, então se solta e pula primeiro, dizendo ao outro que o siga, mas o homem fica preso nas vinhas, bem à vista da ogra. A mãe de João sai correndo de casa, vê a giganta...

– O que você fez? – ela o repreende. – Seu idiota! Tolo!

João pega o machado.

Ele começa a cortar o pé de feijão, corta-corta-corta, com a mãe o xingando de trás, a ogra o xingando de cima. Menino imundo! Menino idiota! Menino inútil! Os xingamentos só o fazem cortar com mais, mais e mais força, até que o espaço entre o céu e o chão se encolhe, a ogra e a mãe prestes a se encontrar, o marido se vendo entre as duas.

– Pula! – João grita, estendendo os braços como um pai faria com um filho, e o homem pula, pegando João ao mesmo tempo que João o pega, os monstros gritando para eles, cada vez mais perto, antes que homem e menino agarrem o machado e cortem com ele, juntos, um, dois, três...

O pé de feijão cai, e a giganta cai junto. Um único estrondo de trovão abre o chão, e ambos são engolidos. Uma nuvem se forma, com a poeira vinda do céu, cintilando verde no escuro como sementinhas minúsculas.

Quando a poeira se assenta, João procura pela mãe.

Mas ela não está em lugar nenhum, como se também tivesse sido engolida pela terra.

A manhã desperta João com um beijo gentil.

Ele se aconchega a uma barriga peluda e se vira para abraçar a bezerra, já maior que no dia anterior.

Sente cheiro de panqueca e de açúcar, e ouve o homem assoviando dentro de casa.

Logo vão tomar café juntos e ouvir a harpa tocando músicas animadas, a harpa que o homem escondeu dentro do casaco enquanto fugiam, a harpa que há muito chama o homem de mestre. Eles vão ficar vendo os flocos de ouro se soltarem das cordas finas, em quantidade suficiente para comprar o que quiserem, mas deixarão que a brisa os leve e dancem no ar, como festões no Natal.

Então, João irá para a cidade e trabalhará duro no moinho, transformando grão em farinha para fazer o pão. Quando chegar em casa, o homem vai abraçá-lo e dar-lhe um beijo de boa-noite, antes de João se aconchegar lá fora para dormir com a bezerra, abraçando-a e beijando-a como o homem o beijou, tendo perdido uma família e encontrado outra.

– Nunca mude – João sussurra para a bezerra enquanto a abraça, um animal tão limpo e puro que ele deseja que permaneça jovem para sempre.

Mas, em breve, ele vai acordar com o doce cheiro do leite e vai se dar conta de que ela cresceu, como ele mesmo cresceu, contra todas as probabilidades, como um pé de feijão brotando até o céu, um pé de feijão que as pessoas consideram mágico, quando a única magia de que precisava era de amor.

Ninguém quer ouvir uma história de alerta. No entanto, contam histórias desse tipo a crianças o tempo todo.

Histórias sobre meninos e meninas que saem do caminho e são punidos por isso.

Mas, às vezes, as crianças encontram seu próprio caminho.

Quando a casa passa de um doce refúgio ao antro frio de uma bruxa.

Quando a bruxa é o pai ou a mãe.

Então, as crianças adentram florestas proibidas.

À procura do amor que perderam.

À procura de outro lugar para chamar de lar.

Esse é o caso de João e Maria.

Você deve ter ouvido falar de duas crianças de cabelo claro que se afastam do caminho na floresta, mordiscam uma casa feita de doces e quase são transformadas em torta por conta disso. Não é nenhuma surpresa que tenha ouvido essa versão cheia de lições de moral, como os adultos rabugentos adoram. De que outra maneira um espírito como o seu poderia ser domado e mantido sob controle?

Mas essa não é a história verdadeira de João e Maria.

Gostaria de ouvi-la?

A verdade também é cheia de alertas.

Mas não para as crianças.

Nem um pouco para as crianças.

Era uma vez um vilarejo chamado Bagha Purana, onde duas crianças viviam em uma casa que cheirava a doces.

Todo mundo conhecia a casa, porque era onde morava Shakuntala, a melhor doceira da cidade, e seus dois filhos eram as crianças mais sortudas do mundo, porque podiam experimentar todas as novas iguarias que ela fazia antes que começassem a ser vendidas ao público.

Os filhos se chamavam Rishi e Laxmi, um menino e uma menina com bochechas morenas e rosadas e boa disposição. Laxmi gostava de planejar, e o fazia com precisão, enquanto Rishi era do tipo ousado, o que significa que, juntos, ajudavam Shakuntala a ajustar suas receitas quando um *ladoo* ou um *jalebi* não dava certo.

– Precisa de um pinguinho mais de sabor – Laxmi dizia.
– Que tal um pouco de água de rosas? – Rishi propunha.
– Ou açafrão? – Laxmi sugeria.
– Só vamos saber experimentando! – Shakuntala dizia a seguir, porque, ao contrário da maior parte dos pais do vilarejo, ela confiava nos instintos das crianças mais do que nos seus.

Durante o dia, Rishi e Laxmi iam à escola, e à noite ficavam dependurados na mãe, como se fossem macaquinhos, tocando seu vasto cabelo preto e seu amplo busto, enquanto ela assava *burfi*, *rasmalai*, *gulab jamun* e seu famoso *balu shah*, dedicando-se a cada item até que o marido, Atur, chegasse em casa para prová-los, passasse a mão na barriga e gemesse: *arehhhh*. O desafio era fazer com que gemesse assim mais de uma vez. No dia seguinte, os frutos do trabalho de Shakuntala eram vendidos na Doces do Atur, e ele recebia todo o crédito, porque naquela época não se permitia que as mulheres fossem melhores que os homens, e Shakuntala era melhor doceira do que qualquer homem, incluindo o marido. Naturalmente, todo mundo sabia que Shakuntala era quem fazia os doces, mas era esperado que esposas fossem mantidas longe de vista e exploradas pelos maridos, que ficavam com os lucros e agiam como se fossem os provedores da casa. Mas, ano após anos, os doces de Shakuntala ficavam melhores, ao ponto de ninguém em Bagha Purana querer outra coisa, especialmente as crianças, que faziam fila do lado de fora para comprar *ladoos* de água de rosas, que ao meio-dia já teriam comido. Sem a clientela das crianças, os outros estabelecimentos da cidade começaram a fechar, um a um. Os homens tentavam concorrer com ela, claro – oferecendo descontos e amostras grátis, visitando outras cidades atrás de receitas para roubar –, mas ninguém chegava aos pés de Shakuntala, que cozinhava usando ingredientes secretos: amor, humildade e bondade. Seu trabalho era apenas uma maneira de criar laços com Rishi e Laxmi, e quem poderia competir com aquilo? Assim, os homens de Bagha Purana fizeram o que os homens fazem quando são superados por uma mulher e não podem derrotá-la de maneira justa. Apontaram o dedo para ela e acusaram: Bruxa!

Um julgamento é realizado.
– Quais são as acusações? – Shakuntala pergunta.
– Atrair crianças com doces mágicos – os homens dizem.
Testemunhas são convocadas.
Rishi e Laxmi defendem a mãe, e por um momento o resultado é incerto. Talvez se o marido defendesse a esposa ela teria escapado ilesa. Mas ele está envergonhado, porque agora as pessoas dizem expressamente que os doces que vende não são dele, e é mesmo verdade. O pai se pergunta se não conseguiria produzir doces ainda melhores que os da esposa sem ela por perto. Por isso, fica calado. O que sela o destino de Shakuntala.
Ela, que já foi esposa e mãe, agora é uma bruxa.
Os homens a cegam e largam Shakuntala nas profundezas da floresta, para que não consiga encontrar o caminho de volta.
Rishi e Laxmi a procuram, noite após noite, ano após ano, mas é inútil.
Ela sumiu.

Com o tempo, o pai volta a se casar.
O nome da noiva é Divya Simla. Ela é muito mais nova do que Atur e usa vestidos curtos que deixam suas pernas ossudas à mostra, parece que nunca comeu um doce na vida. Mas finge ser boa doceira e finge amar os filhos dele até que se casem, depois para com a encenação. Logo, Rishi e Laxmi se dão conta de que o pai se casou com uma bruxa, uma bruxa *de verdade*, que odeia crianças e só se importa consigo mesma.
Não há nada mais assustador para uma criança que uma mãe que odeia ser mãe.

Uma onda de azar os atinge. A doceria vai à falência, as crianças pegam um resfriado, os banheiros vazam. A casa está sempre fria, mesmo em dias sufocantes, e tem um cheiro azedo e rançoso, muito diferente do passado. Qualquer dinheiro que Atur tenha poupado, gasta em médicos com Rishi e Laxmi, e tentando alimentá-los. Enquanto isso, Divya Simla cozinha, com os olhos fixos nas crianças, como se fossem duas pragas.

Uma noite, quando já deveriam estar dormindo, Rishi e Laxmi ouvem Divya Simla e o pai deles aos sussurros.

— Não consegue ver? Eles são a fonte do nosso azar! Estragam nossa vida, acabam com todo o nosso dinheiro, com toda a nossa comida. E por quê? O que nos oferecem em troca além de olhares azedos porque não sou a mãe deles? Precisamos nos livrar das crianças!

Atur protesta:

— Me livrar dos meus próprios filhos?

— Se não fizermos isso, vamos todos morrer — Divya Simla diz. — Nossa má sorte só vai piorar.

No dia seguinte, um raio cai na casa e queima metade dela.

À noite, Rishi e Laxmi ouvem Divya Simla e o pai conversando.

— Não posso mais com essa má sorte — Atur diz.

— Então, você sabe o que precisa fazer — Divya Simla insiste.

Atur parece desesperado.

— Mas... mas...

— Eu levo os dois até a floresta e os deixo lá — Divya Simla resolve. — São crianças. Vão ficar bem. Um dia, estarão crescidos e agradecerão por terem aprendido a se virar sozinhos.

Atur não diz nada.

Rishi e Laxmi sabem o que o silêncio do pai significa. Ele tampouco disse algo quando chegou a hora de proteger a esposa.

— O que faremos, Laxmi? — Rishi pergunta, com medo.

— Deixe comigo — a irmã responde.

Na manhã seguinte, eles despertam com Divya Simla chutando-os com o pé ossudo.

— Acordem! Acordem! É hora de ir!

— Aonde? — Laxmi pergunta.

— Cortar lenha para consertar a casa — diz Divya Simla.

Rishi e Laxmi notam que a madrasta não leva um machado consigo.

No entanto, Laxmi está preparada. Pega um pouco das cinzas da casa e enfia nos bolsos. Os dois são levados para as profundezas da floresta, mas Laxmi fica afastada, espalhando cinzas no chão para marcar o caminho.

— Bem pensado, irmã! — Rishi sussurra.

— O que estão fazendo? — Divya Simla grita, olhando para trás, desconfiada.

— Rishi teve que fazer xixi — Laxmi responde.

— Chega de enrolar! — Divya Simla vocifera.

No entanto, os dois irmãos continuam se demorando, certificando-se de que Divya Simla não consiga ver conforme Laxmi joga as cinzas.

— O que estão fazendo agora? — Divya Simla resmunga.

— Foi a vez de Laxmi fazer xixi — Rishi diz.

Mas há um limite de quanto xixi pode ser feito, e os dois acabam tão embrenhados na floresta que o sol não chega mais ali, e as árvores ficam na escuridão, retorcidas.

— Fiquem aqui. Voltarei para buscar vocês — diz Divya Simla, afastando-se.

Horas passam. Laxmi e Rishi brincam com os gravetos e dançam ao som de músicas inventadas:
— *O que é pior que um dia em que chove sem parar? O que é pior que um cachorro que não quer brincar? Divya Simla, Divya Simla!* —, então se cansam e decidem seguir as cinzas até em casa.

Quando batem na porta, quem atende é o pai, que cai de joelhos de tanta felicidade.

Atrás dele, o rosto de Divya Simla está rígido como pedra.

— Aí estão vocês! Por que demoraram tanto? — ela pergunta.

Divya Simla não é digna de confiança, mas ela estava certa em uma coisa.

A má sorte deles só piora.

Algumas semanas depois, uma seca recai sobre o vilarejo, acabando com os vegetais e deixando os animais morrendo de fome. Ninguém tem nada para comer. O pouco pão que Atur consegue com os amigos e vizinhos não basta para alimentar o casal e as crianças.

À noite, os sussurros retornam.

— Você tem que escolher entre mim e eles — Divya Simla diz a Atur. — Não temos o bastante para os dois.

— Deus os mandou de volta — Atur protesta. — Eles são sangue do meu sangue.

— E eu, sou o quê? Casei-me com você quando ninguém mais faria o mesmo, e agora vai me deixar morrer? — Divya Simla insiste. — Os dois já têm idade o bastante para se cuidar sozinhos. Não são nossa responsabilidade. Além do mais, nossa má sorte só vai piorar.

– Como poderia ficar ainda pior? – pergunta Atur.
– Mantenha os dois aqui e verá – Divya Simla o alerta.
Atur não diz nada.
Na cama, Laxmi abraça forte o irmão.
– O que vamos fazer? – ela pergunta.
– Deixe comigo – Rishi responde.
No dia seguinte, Divya Simla leva os enteados para a floresta, dessa vez atrás de frutas, mas não carrega nenhuma cesta, e todas as frutas morreram há tempos, devido à seca. O pai nem consegue olhar para os filhos quando eles partem.
Mas Rishi tem um plano. No café, fingiu comer o *chapati* seco e amanhecido, mas em vez disso o enfiou no bolso. Agora, enquanto se embrenham na floresta, ele vai jogando migalhas em seu encalço.

– Bem pensado – Laxmi sussurra.

– O que estão fazendo aí atrás? – Divya Simla pergunta, bufando.

– Estamos procurando flores para você! – Rishi responde.

Divya Simla faz cara feia.

– Não gosto de flores! Não percam tempo!

– Sim, madrasta – diz Laxmi.

O tempo todo, Rishi polvilha migalhas atrás de si. Divya Simla os leva até tão longe na floresta que Rishi e Laxmi nem enxergam mais a própria sombra. Corvos crocitam, em alerta: *isto não é lugar para crianças.*

– Fiquem aqui. Vou voltar para buscar vocês – Divya Simla diz, indo embora.

Dessa vez, Rishi e Laxmi estão assustados demais para brincar ou cantarolar. Olhos maldosos piscam para eles por entre as árvores. Ouve-se um farfalhar em meio à vegetação rasteira. Coisas frias e escorregadias roçam seus tornozelos e pescoços. Eles se agarram um ao outro e contam até cem, depois começam a seguir as migalhas de volta para casa...

Mas elas sumiram.

Foram comidas pelos corvos, que agora zombam dos dois, crocitando de maneira penetrante, como se dissessem: *Divya Simla, Divya Simla, Divya Simla!*

Não há caminho de volta..

– É por aqui. – Laxmi aponta para leste.

– Não, é por aqui. – Rishi aponta para oeste.

Laxmi é mais teimosa. Eles vão para leste. Andam a noite inteira, e o dia seguinte inteiro, de manhã até a noite, mas fica claro que não estão nem perto de Bagha Purana, muito menos da casa do pai. Os dois estão morrendo de fome, mais do que crianças podem suportar, e suas pernas estão fracas demais para carregá-los. De mãos dadas, eles se agacham debaixo de um arbusto e mergulham no sono. Não têm certeza de que vão acordar. Mas, de alguma forma, acordam, primeiro um e depois o outro, com um resquício de vida que lhes permite abrir os olhos.

Dois corvos os encaram de volta.

O primeiro derruba algo diante de Rishi.

Um doce com cobertura cor-de-rosa.

O menino o engole.

– Hum, água de rosas – Rishi diz. – Meu preferido!

O segundo corvo derruba um doce amarelo diante de Laxmi, que o enfia na boca.

– Açafrão – ela diz. – Meu preferido!

Os corvos voam acima deles, e os irmãos os seguem, ainda com um gostinho divino na boca.

Pouco tempo depois, chegam a uma casinha. Os corvos pousam nos degraus da porta, e quando as crianças se aproximam veem que a casa é feita de pão de pistache e cardamomo, que o teto é de bolinhas de chocolate, que o vidro das janelas é de mel, grudento e claro.

Os irmãos se encaram, como dois viajantes no deserto diante de uma miragem.

– É real? – Laxmi pergunta.

Rishi espia pelo vidro de mel e sente o cheiro nítido e fresco. Ele quebra um pedacinho e leva à boca.

– Não podemos comer a casa de alguém que não conhecemos – Laxmi o repreende. – O que mamãe diria?

– Ela diria para sermos espertos e nos mantermos vivos – Rishi responde. – Não vejo ninguém lá dentro. Rápido, antes que alguém chegue!

Ele já está subindo no telhado cremoso, enquanto Laxmi assalta as paredes de massa, os dois enchendo a cara

e a barriga com doces verdes e brancos, a mente nublada
pelo açúcar, até que uma voz suave chega lá de dentro:

– Quem na minha casa come,
um rato morto de fome?

A porta se abre, e os corvos saem voando como morcegos de uma caverna. Então, surge uma mulher, como se eles tivessem dado luz a ela, seu corpo vigoroso envolto em trajes pretos esvoaçantes, um chapéu preto alto na cabeça, um véu também preto cobrindo um rosto, uma bengala cheia de protuberâncias na mão.

– É muita ousadia comer a casa de uma bruxa – ela diz, aproximando-se dos dois. – Gostaria de saber que tipo de mãe criou *vocês...*

Rishi e Laxmi fogem, mas os corvos os cercam, seguram os ombros deles com as garras e levam ambos de volta à bruxa. As mãos grandes e gordas da mulher os pegam, e ela sente o cheiro de sua pele, como sentiria o cheiro de uma carne antes de colocá-la no forno. Os irmãos soltam gritos torturados idênticos...

– Rishi? Laxmi?

A voz é um silvo suave.

Ela tira o véu.

– Mamãe? – as crianças perguntam, ofegantes.

Shakuntala os abraça junto ao peito e não os solta mais.

– Não consigo vê-los, mas sei que são meus filhos, meus filhos lindos e perfeitos.

As crianças sentem o cheiro de açúcar e especiarias dela, e começam a chorar.

– Esperei por vocês todos esses anos, meus corvos procurando quaisquer crianças que entrassem na floresta – ela diz. – Aqueles tolos de Bagha Purana me acusaram de atrair crianças com meus doces. Bom, foi assim que encontrei vocês, não foi?

Ela sente os membros e a cintura magra dos dois.

— Por que parecem esqueletos? O que aconteceu? Onde está seu pai?

— Em Bagha Purana — Laxmi diz.

— Com Divya Simla — Rishi diz.

Shakuntala franze a testa.

— Entrem e contem tudo à mamãe.

Quando terminam aquela história triste, até os corvos sentem pena deles.

Shakuntala tamborila com os dedos na mesa, os olhos cegos fixos nos filhos, como se conseguisse vê-los.

Rishi e Laxmi olham em volta da casa, cheia de doces de todas as cores, em torres tortas que vão do chão ao teto, alguns familiares, como *gulab jamuns* e *ladoos*, outras novas invenções, *rasgullas*, *khalakand*, *nankhatais*, espalhando açúcar brilhante por toda parte, como se estivessem em uma caverna povoada por fadas. O forno, onde bolos assam, cospe brasas e fumaça dourada. Enquanto isso, corvos pretos olham para eles de todos os cantos, como sentinelas.

Shakuntala diz:

— Quando eu estava sozinha na floresta, esses pássaros me salvaram, trazendo-me frutas e bocados de comida. Devem ter sentido que eu era parecida com eles. Corvos são párias da floresta, assim como eu. Em troca, eu os alimento e os mantenho a salvo de falcões e raposas, como se fossem meus filhos. Contei a eles sobre meu Rishi e minha Laxmi, e o formato do rosto de vocês, e

o som de sua voz, e como deviam estar aqui na floresta, procurando por mim...
– Procuramos mesmo por você, mamãe – Rishi diz.
– Sei que procuraram – Shakuntala diz.
– Mas finais felizes não chegam tão fácil. A justiça leva tempo. E parece que ainda resta alguma justiça a ser feita.
Ela tamborila os dedos na mesa no mesmo ritmo que os corvos crocitam lá fora, como se pensasse: *Divya Simla, Divya Simla, Divya Simla*. A toda a volta, os pássaros parecem sorrir, como se sentissem que algo está sendo armado.
– Digam-me, quão longe Bagha Purana fica daqui? – Shakuntala pergunta.
– Não sabemos! Os corvos comeram todas as migalhas! – diz Rishi.
– Eles apagaram o rastro que deixamos! – Laxmi confirma.
Shakuntala se inclina para eles.
– É mesmo? Seus travessos. Foi assim que encontraram vocês, tenho certeza. Comendo o que deixavam, migalha a migalha, desde onde saíram...
Ela ergue a cabeça para os corvos, sorrindo como eles.
O que significa que *sabem* o caminho de volta.

As almas de Bagha Purana rezam para a deusa Durga.
Faz duzentos e vinte dias que não chove nada, e a praga continua firme.
O clima pesa na casa de Átur. Ele perdeu os filhos e ficou com a esposa, cujos planos impulsivos para ganhar dinheiro são tão pérfidos quanto inúteis.
– E se pagarmos a um *pundit* para dizer que você é o filho preferido de Durga e por isso todos devem nos dar

dinheiro, como uma maneira de apaziguar aos deuses? – Divya Simla propõe, animada. – E se enchermos copinhos de terra e vendermos por cinco rúpias cada, dizendo que, se plantarem, a semente crescerá sem necessidade de água? – E o que vai acontecer quando a semente não crescer? – Atur pergunta.

– É só culpar o comprador por não fazer as preces apropriadas – Divya Simla responde, bufando.

Atur não diz nada.

Então, um dia, ele ouve corvos crocitando lá fora, de maneira dura e implacável, como em alerta. Atur abre a porta e encontra uma caixa no chão. Abre a tampa e se depara com doze lindos *mitai*, em tons pastel, com leite, mel e frutas, do tipo que não há mais em Bagha Purana.

Ele prova um e seu coração se agita, com a explosão de açúcar, amor e magia em sua língua, uma lembrança de como os doces de sua esposa costumavam fazer com que se sentisse. Shakuntala morreu há muito, claro, ou pelo menos é isso que ele diz a seu coração. O que significa que doces assim só podem ter sido enviados por Deus, um presente para ajudar Atur até que sua sorte vire.

A voz da esposa é como o estalo de um chicote atrás dele.

– O que é isso? De onde veio?

Ela prova um, e seus olhos se arregalaram.

– Podemos vender no vilarejo – Atur sugere. – Por algumas rúpias cada. Deve render o bastante para nos sustentar até o fim da seca.

Mas Divya Simla nem olhava para ele. Olhava além da porta, para o chão coberto de migalhas com cores suaves, formando uma trilha ordenada na direção da floresta.

– Tem mais no lugar de onde isso veio – ela diz, com um sorriso cheio de dentes. – Fique aqui. Quando eu voltar, teremos o bastante para abrir uma doceria e cobrar dez rúpias por item!

Atur tenta argumentar que não devem abusar da sorte, que finalmente foi boa com eles, mas a esposa já segue para a floresta, e, quando desaparece entre as árvores, ele sente uma leve neblina se formar mais acima, como se as nuvens estivessem se lembrando de como fazer chover.

Depois de algum tempo, Divya Simla chega à casa feita de pão e doces. Ela pula, bate os calcanhares no ar e dá um giro, convencida de que sua sorte mudou agora que se livrou daquelas crianças terríveis. Com ambos os punhos, abre buracos nas paredes de pistache e cardamomo, enchendo os bolsos tanto quanto possível, depois escala até o telhado e enfia bolinhas de chocolate nas costas do vestido, acolchoando seu traseiro ossudo.

– Tem o bastante aqui para dez docerias! – ela conclui. – É melhor voltar para casa e trazer umas cestas.

Divya Simla dá meia-volta e começa a retornar...

Então, ouve uma voz ao vento.

– *Quem na minha casa come,*
um rato morto de fome?

A porta da casa se abre, e Divya Simla congela na hora, com os braços cheios de pão.

– *Bruxa!* – ela acusa, ofegante.

A mulher de preto a encara, com cicatrizes no lugar dos olhos, corvos empoleirados em seus ombros.

– No entanto, é *você* quem está comendo *minha* casa – a bruxa diz.

– Uma praga assola meu vilarejo! – Divya Simla argumenta. – Eu só estava levando o bastante para vender, para que eu e meus pobres filhos consigamos sobreviver!

– Ah, seus filhos... – diz a bruxa. – Quantos são?

– Dois! – Divya Simla choraminga.

– E qual é o nome deles?

– Rishi e Laxmi! Por favor – Divya Simla implora. – Por favor, deixe-me voltar para eles.

A bruxa franze os lábios. Os corvos em seus ombros se entreolham.

– Eu nunca afastaria uma mãe dos filhos, nem os filhos de uma mãe. É um crime imperdoável – a bruxa diz. – Se fala a verdade, deve voltar correndo para eles.

– Obrigada – Divya Simla diz baixo, aliviada, já indo embora...

– Mas o que vai acontecer quando o que você levou acabar? – a bruxa pergunta. – Sempre posso fazer mais doces, mas você não levou o bastante para vender.

Os corvos atacam o pão nas mãos de Divya Simla, roubando-o, banqueteando-se.

– E agora você tem menos ainda – a bruxa diz, com um suspiro. – Seus travessos. Entre, minha querida. Vou lhe passar minhas receitas e lhe dar os ingredientes que conseguir levar, para que você e seus filhos prosperem.

– Suas receitas? – Divya Simla repete, com os olhos brilhando, antes que passem a cautelosos. – E em troca?

– Em troca, você faz companhia a uma velha solitária e me conta tudo sobre Rishi e Laxmi – diz a bruxa. – É uma troca justa, não acha?
Divya Simla sorri.
Finalmente, as duas crianças terão alguma utilidade. É uma troca justa, de fato.

Dentro da casa, Divya Simla não vê os maravilhosos doces coloridos, que acabaram de ficar prontos, o brilho do açúcar no ar, o cheiro do vapor de leite com mel.
Ela só vê o dinheiro. Um baú do tesouro só para si. As pessoas famintas de Bagha Purana pagarão qualquer valor pelos doces, e ela vai dará nenhum desconto.
– Quanto posso levar? – Divya Simla pergunta à bruxa, com os olhos fixos nas prateleiras de farinha, ovos e potes de chantili, além de folhas soltas, com os rabiscos da doceira. – E que receitas vai me passar? – a mulher insiste.
– Preciso das melhores, ou meus filhos não vão sobreviver.
– Leve o que quiser – a bruxa oferece, sem hesitar.
– A única coisa que não posso lhe dar é minha receita de *shakuntala*, claro. Ela é preciosa demais.
Os olhos de Divya Simla cintilam.
– *Shakuntala?*
– É um doce feito com tanto amor que não pode ser vendido, porque não tem preço – diz a bruxa. – Depois que se prova, nunca se tem o bastante. As pessoas pagariam qualquer preço por mais: entregariam o cavalo, as joias, a casa... qualquer coisa que se pedisse.
Ela tira um doce em formato de coração e cor de sangue, polvilhado com açúcar cristalizado dourado, de uma vasilha de prata.

– Só as almas mais corajosas têm coragem de provar – a bruxa diz, com uma piscadela.

Divya Simla está em tamanho transe que não consegue segurar um gritinho.

A bruxa oferece o doce, e Divya Simla o leva à boca. Ela sente gosto de coco, chocolate, manteiga e rosas na língua e descendo pela garganta, fazendo seu corpo todo formigar. Os doces de Atur são mofinos, sem vigor. Mas aquele... aquele é uma alquimia, como o néctar da própria Durga. Ela venderia a própria alma por mais, como a bruxa havia alertado. E, se estava disposta a fazê-lo, imagine só quanto outros não pagariam.

– Preciso da receita – Divya Simla exige. – Não posso ir sem sua receita de *shakuntala!*

À sua volta, os corvos gralham e escarnecem.

A bruxa parece reprimir um sorriso.

– Temo que não seja possível.

O rosto de Divya Simla se contorce.

– Impedirá que uma mãe salve seus filhos?

Pela primeira vez, a bruxa perde a compostura. Seu maxilar endurece, fogo aquece sua pele. Isso passa, tão rápido quanto veio.

– Perdão, estou sendo teimosa – ela diz. – Também já fui mãe. Sei o que é amor de verdade, e até onde uma mãe iria para salvar seus filhos. Mas a receita não pode ser escrita. Deve ser experimentada, com seus segredos e tudo. Vamos fazer juntas então?

– Sim! Sim! – Divya Simla concorda. – O bastante para alimentar toda Bagha Purana!

A bruxa a conduz às prateleiras, gritando ingredientes – cacau! água de rosas! creme de manteiga! ovos! cardamomo! canela! –, enquanto os corvos os pegam e soltam nos braços de Divya Simla. Ela os leva à panela e adiciona, a bruxa agitando o braço como uma varinha, cantarolando as instruções. Bater os ovos, despejar o creme, depois o cacau, depois a água de rosas, depois uma pitada do resto, antes de soprar um beijo para a mistura, pensando nas pessoas que ama...

Divya Simla sopra o beijo, pensando apenas em si mesma.

A bruxa também sopra, antes de pegar a panela.

– Agora, com tudo aqui, levamos ao forno e assamos com o ingrediente secreto, que faz toda a diferença...

Divya Simla vai atrás dela.

– Qual é o ingrediente secreto? Conte! Conte!

– Abra o forno e descubra por si mesma – a bruxa sugere.

Divya Simla abre a porta do forno e grita.

Há duas crianças lá dentro, um menino e uma menina, amarrados e amordaçados feito porcos prestes a ser assados.

Eles recorrem a ela, com o rosto coberto de fuligem e medo nos olhos, como se tivesse chegado para resgatá-los.

Divya fica pálida na hora, e quando sua voz sai parece o coaxar de um sapo.

– Rishi?

– Laxmi?

Atrás dela, a bruxa dá uma bela gargalhada.

– Esses dois? Rishi e Laxmi? Não seja ridícula! Eu os encontrei na floresta, famintos, abandonados pela mãe. Você acabou de dizer que seus filhos estão *em casa*.

– S-s-sim – Divya Simla gagueja. Claro...

– Ótimo – a bruxa diz, – porque engordei bem esses dois, já que não se pode fazer *shakuntala* sem o ingrediente secreto, que agora você sabe qual é: *crianças que não são amadas.* Tudo o que você precisa fazer é enfiar a panela aí com eles, e o sabor vai ser incorporado. Depois vai ter *shakuntala* para mil dias! Agora vamos. Ande!

Divya Simla leva a mão à garganta.

– Assar crianças...? Mas... mas...

– Ah, compreendo – a bruxa diz, com frieza. – Leve os outros doces, então.

Ela fecha a porta do forno...

– Espere! – Divya Simla diz, com a mente girando. Não pode ir embora sem seu tesouro. Não pode sacrificar a *shakuntala*! E por que faria isso? Por que se importaria com os dois fedelhos sendo assados? Não eram seus filhos, afinal. Os dois haviam amaldiçoado sua casa, e Bagha Purana, e a metido naquela confusão, assim como Atur. Livrar-se deles não seria crueldade – seria um ato de amor para com os outros moradores do vilarejo, um triunfo do Bem sobre o Mal! E não há dúvida quanto à maldade daqueles dois, só por existir. Não era à toa que haviam terminado no forno de uma bruxa: a má sorte os seguia onde quer que fossem! Bem, agora era hora de acabar com o Mal de uma vez por todas.

Divya Simla abre a porta do forno e olha para as crianças.

– Coloque a massa – ela ordena.

Se a bruxa fica surpresa, não demonstra.

– Ainda não – ela responde apenas. – Primeiro você precisa testar o forno, para ter certeza de que está quente.

Divya Simla hesita.

– E como faço isso?

– Entre você mesma, naturalmente – a bruxa diz. – Nunca cozinhou antes?

– Ah, claro – Divya Simla replica, bufando.

Ela entra, com suas pernas ossudas, e se agacha ao lado das crianças, encurvada. A bruxa fecha a porta.

O forno está gelado.

Os dois irmãos a encaram, em silêncio.
Divya Simla evita seus olhos.
– Está quente? – a bruxa grita, do lado de fora.
– Não! Está gelado! – Divya Simla responde, impaciente.
– Ai, ai. Eu devia ter posto para esquentar antes de colocar as crianças – a bruxa diz, com um suspiro. Ela abre a porta e puxa os irmãos amarrados, depois volta a fechar a porta, deixando Divya Simla lá dentro. – Vou tentar de novo...
Por um momento, Divya Simla fica aliviada em se livrar das crianças e de seus terríveis olhares.
Então, ela sente o calor.
– E agora, está quente? – pergunta a bruxa.
– Sim, sim! – Divya Simla responde, com os doces que tem no vestido já começando a derreter. Ela chuta a porta do forno...
Que continua fechada.
Ela a empurra com o corpo.
Nada.
Trancada.
O fogo ruge em algum lugar lá dentro.
– O que está acontecendo? – ela grita. – O que está fazendo?
Do lado de fora, duas vozes jovens respondem:
– Fique aí – diz o menino.
– Vamos voltar para buscar você – diz a menina.
E todos os corvos riem.

Rishi e Laxmi tiram um pudim escuro e grudento do forno e o testam, com os dedões. Agora, têm a barriga redonda e as bochechas rosadas, e não desgrudam da mãe.

A chuva castiga o telhado, o vento uiva contra as árvores, e os olhos brilhantes de um mangusto os vigiam da janela, mas lá dentro é só calor, risadas e especiarias, todos os ingredientes que compõem um lar. Logo, ninguém se lembra de outra casa antes daquela, como se o amor afastasse as lembranças ruins, igual a pássaros comendo as migalhas na floresta. Os irmãos experimentam a receita e trocam um olhar.

– Precisa de canela – Rishi diz.

– Só uma pitada – Laxmi diz.

– Só vamos saber experimentando! – Shakuntala diz, indo para a despensa.

Laxmi olha em volta, para a casa em silêncio, sem identificar nenhum movimento ao redor.

– Mamãe, aonde os corvos vão durante a noite?

– Por que eles partem e só voltam com a alvorada? – Rishi complementa.

Shakuntala sorri.

– Deve ser o segredo deles – a mãe diz.

Mas ela sabe, é claro.

Toda noite, depois que está tudo pronto e as crianças foram para a cama, os corvos voam para Bagha Purana e deixam três doces à porta do marido, os melhores da fornada. Pela manhã, ele os encontra, e prova o amor de que sua casa já foi feita, gemendo *arehhhh*, uma vez, duas vezes, três vezes, até que o silêncio venha, e o sol brilhante e despreocupado, e ele se recorda de tudo o que perdeu.

A BELA E A FERA

Imagine um rapaz tão bonito que drena a luz de todos à sua volta.

Ele é incandescente, cuja pele morena e lisa cora como uma rosa, cachinhos pretos, uma mandíbula forte, covinhas, uma boca larga e provocante. Parece um cupido – mas da terra, e não do céu –, um espírito infantil dentro de um corpo poderoso e musculoso. Encanta todas as moças que o conhecem, e a maioria dos rapazes também, e ninguém deixa sua presença sem parar de pensar nele. É como se os tivesse enfeitiçado, como se fizesse seus corações endurecerem para qualquer outra pessoa.

Ele também é o príncipe mais novo de um reino famoso, antecedido por três irmãos, que ainda não se casaram, porque todas as moças dignas querem o mais novo, mesmo que tenham que esperar por ele, mesmo que isso lhes custe a coroa.

O rei e a rainha ficam preocupados. A beleza é uma bênção, mas não quando implica sacrificar três bons filhos que deveriam gerar herdeiros!

Por isso, eles o mandam embora, o mais bonito dos filhos, para que todos no palácio brilhem um pouco mais sem o rapaz ali. Ou é o que pensam. Quando a pessoa se acostuma com um pôr do sol glorioso, é fácil culpar o Sol por roubar a glória das nuvens, mas, sem ele, não há nada para ver.

Agora é tarde, o príncipe já foi embora, banido para a floresta, onde a primeira criatura com que se depara é uma velha fada corcunda, que o conduz ao seu reino, no alto das árvores, e cuida dele como uma mãe. Finalmente, alguém que se importa com quem ele é por dentro, que faz com que se sinta seguro. Ele faz perguntas sobre o amor e como encontrá-lo, com a intenção de amar alguém da mesma maneira que todos acreditam que o amam. A velha fada apenas sorri. Toda noite, a cama é feita em uma colorida casa na árvore e há um banquete com folhas de girassol, torta de raízes tuberosas e bolo com cobertura. As outras fadas do reino ficam de olho no príncipe e querem se casar com ele, o que significa que o rapaz não tem um momento de paz, mas a velha fada sempre aparece e as manda embora. O príncipe é grato por sua proteção, até que um dia a velha fada o encurrala em uma árvore e declara seu amor, o amor que vem escondendo por todo esse tempo, e exige que ele a beije e a tome como

esposa. Quando o príncipe recusa, ela fica furiosa e lhe diz que, a partir de agora, ele viverá como uma fera, para que ninguém mais contemple sua beleza, até o dia em que receber um beijo de amor verdadeiro, o beijo que deveria ter sido dela. A velha fada lança sobre ele a fumaça tóxica de um feitiço e o empurra das árvores, rumo ao lago mais embaixo.

Para o príncipe, na verdade, é um alívio.

Agora ele é banal. Talvez possa encontrar um amor verdadeiro.

Mas, quando vê seu reflexo na superfície do lago, se dá conta de que a beleza existe na mesma medida da feiura, o tipo de feiura que afasta as pessoas, assim como a beleza costuma atraí-las. Seu rosto e o rosto no reflexo minam qualquer esperança de encontrar o amor.

Ele ficará sozinho para sempre.

Bem distante, em uma cidade chamada Mont-de-Marsan, vive um mercador rico chamado Lieu Wei, que tem três filhos e três filhas.

São a única família desse tipo por ali, tendo o pai cruzado o oceano para vender suas mercadorias naquela cidade repetidas vezes, até que aproveitou a oportunidade para viver entre seus clientes. Seus três filhos o ajudam com o negócio, de modo que estão sempre em um navio, indo para cá e para lá, enquanto as duas filhas mais velhas desfilam pela cidade, exibindo peles de animais suntuosas e joias nos dedos brancos e finos, à procura de maridos. É um desafio, porque as filhas de Lieu Wei estão acostumadas com o que há de mais fino e precisam se casar com homens ricos. Mas os homens ou são bonitos ou são ricos, e os que são ambos tendem a ser criminosos. Assim, as moças caçam os bonitos, mas homens do tipo não querem mulheres como elas, a menos que sejam ricas, coisa que não são o bastante. Por isso, elas incentivam o pai a ganhar mais e mais dinheiro, ou de que outra maneira se casariam?

Enquanto isso, a filha mais nova fica em casa. Não tem nenhum interesse em casamento ou em diamantes, e passa seus dias lendo livros e cuidando do pai e de sua alimentação, garantindo que a casa esteja sempre impecavelmente limpa, com o livro da vez enfiado no bolso de trás do avental enquanto cozinha algo na panela.

– Dei a você o nome de Mei, que significa *bela*, e, no entanto, você se mantém agarrada a mim e se comporta como uma criada – Lieu Wei comenta, rindo. – Não pode se casar com seus livros. Como vai encontrar um homem que cuide de você?

– Um único homem mimado em minha vida já basta – Mei diz, com uma piscadela.

– Como posso ser mimado se estou sugerindo que você saia? – o pai aponta.

– Você seria igualmente feliz sem mim aqui? – Mei pergunta.

– Não – Lieu Wei diz, com um suspiro.

Mei serve o chá de bolhas preferido dele e uma sopa de siri com milho.

– Depois que o próximo carregamento for vendido, serei o homem mais rico de Mont-de-Marsan – diz Lieu Wei. – Então, vocês três poderão se casar. Farei questão de que o melhor marido seja o seu.

Mei sorri.

– Espero que ele saiba se virar na cozinha, porque eu continuarei aqui com você.

Lieu Wei balança a cabeça. Tanta beleza desperdiçada em uma menina cuja verdadeira virtude é seu coração. Mas Mei não cuida do pai porque é virtuosa. Ela o considera teimoso, arrogante e obcecado por dinheiro. No entanto, ser a filha zelosa tem seus benefícios. Mei pode ficar em casa e ler seus livros, enquanto as irmãs caçam maridos. Os homens da cidade são grosseiros e machistas. Olham para as mulheres, mas não as veem. Mei não quer nada com eles, muito menos unir-se a um pelo resto da vida. Ainda assim, são os homens que detêm o dinheiro no mundo, e o utilizam para transformar mulheres em esposas. Uma mulher solteira na cidade é tratada como uma fera. Por isso, Mei se agarra ao pai, e sempre que ele dá algum ouro às filhas mais velhas, para que comprem vestidos e botas, dá a ela também, que o usa para comprar livros, escondendo o restante sob uma tábua do piso, para um dia poder viver completamente livre dos homens, em uma casa só sua, com uma biblioteca de dois andares e um jardim onde ler. Mais alguns anos de obrigações e sacrifício e seu sonho estará garantido...

Então, o navio afunda.

O navio com a mercadoria do pai, o navio em que ele investiu suas riquezas para se tornar ainda mais rico.

Os sonhos de Mei vão para o fundo do mar.

Lieu Wei agora está pobre, tão pobre que seus três filhos vão trabalhar para seus rivais e suas filhas mais velhas passam o dia chorando no quarto. Ele próprio mal consegue sair de cama, e perambula de pijama, exigindo chá de bolhas e sopa de siri com milho, muito embora não tenham dinheiro para isso. Mas Mei não vai desistir. Ela quer sua própria casa, sua biblioteca e seu jardim, por isso escreve cartas para banqueiros de cidades próximas e distantes que possam ter interesse em investir em seu pai.

Mei não recebe resposta, mas persiste, lembrando aos banqueiros que Lieu Wei já foi o homem mais rico de Mont-de-Marsan, e voltará a ser.

Finalmente chega uma resposta, de um banqueiro na distante Toulouse disposto a se reunir com o pai de Mei para ver se conseguem chegar a um acordo.

Mei faz o pai vestir suas melhores roupas e sela seu cavalo desnutrido. As irmãs mais velhas ficam espiando da janela do quarto.

– Toulouse? É um lugar famoso pelas bolsas – diz a primeira. – Compre uma para mim, papai!

– Lá também tem chapéus bonitos! Quero um! – diz a segunda.

– Agora que nossos problemas foram resolvidos, vou trazer dois de cada para vocês! – Lieu Wei grita, antes de se virar para Mei, com amor nos olhos, pois foi sua filha mais nova e mais bonita que tornou tudo isso possível. – E você, do que gostaria, Mei?

Mei só quer que ele impressione o banqueiro e feche o negócio, para que os dois possam voltar ao seu antigo arranjo, com ela tomando conta dele até que, um dia, quando a vida de Lieu Wei chegar ao fim, a dela possa começar. Mas não pode dizer isso, tampouco quer os presentes tolos que as irmãs pediram, por isso, pensa na casa que vai ter, nos milhares de livros e nas flores do jardim em que vai lê-los, e diz:

– Se vir uma rosa, papai...

Ele beija a bochecha dela.

— Vou lhe trazer a melhor rosa que encontrar no caminho para Toulouse – ele promete.

Lieu Wei parte, mas a reunião não corre bem. Ele está tão acostumado a ser rico e a ter as pessoas o bajulando que, agora que sua sorte mudou, não sabe demonstrar humildade. Ele faz o banqueiro se sentir diminuído, e ninguém quer investir em alguém assim. Há muitos outros peixes no mar. Assim, Lieu Wei é mandado embora de mãos vazias. Ele cavalga de volta para casa, xingando o banqueiro em pensamento, pois é incapaz de culpar a si mesmo.

Mas, devagar, seu humor melhora. Faltam apenas cinquenta quilômetros, uma neve fraca cai, e ele sabe que, muito embora não tenha um acordo a celebrar, não traga bolsas e chapéus para as filhas mais velhas, Mei vai recebê-lo com um sorriso e um beijo. Ele pensa na sorte que é ter uma filha que o ama incondicionalmente. Precisa dar um jeito de lhe arranjar um bom marido quando chegar a hora, pois não suporta pensar nela sozinha na velhice, lendo em cômodos silenciosos.

É por causa desses pensamentos que seu foco se desvia do caminho, e de repente ele se vê à entrada de uma floresta que não lhe é familiar. A neve se transforma em uma tempestade tão forte que ele não consegue enxergar. Lieu Wei entra na floresta, à qual a noite acrescenta um véu, escurecendo as árvores, a neve implacável, monotonia em todas as direções, e agora ele cavalga em círculos, certo de que vai morrer de fome ou de frio, ou cair vítima dos lobos, cujos uivos vigorosos chegam com o vento. Atordoado, ele grita o nome de Mei, como se fosse uma palavra mágica que vai salvá-lo, depois arranca com o cavalo, rumo a uma cova branca...

Então, ele vê uma luz forte brilhando, nas profundezas das árvores.

Ele segue devagar naquela direção e encontra um enorme castelo ao fim de um bosque, com todas as janelas brilhando, douradas. Os portões estão abertos e o caminho é bem iluminado. Lieu Wei deixa o cavalo em um pequeno estábulo, quente e equipado com um balde de maçãs frescas. Depois, bate na aldrava da porta da frente. Quando ninguém atende, ele vê que a porta está destrancada e entra. Há uma lareira acesa no salão, perto de uma mesa comprida com baixelas de prata cheias de comidas suntuosas: uma sopa grossa de carne com creme de raiz-forte, cogumelos com queijo, quadril de veado assado com geleia, barriga de porco assada e maçã com sálvia, couve-flor com manteiga, purê de pastinaca, tortinhas de creme com ameixa e tomilho. Mas a mesa estava posta só para um. Lieu Wei sente tanta fome e está tão acostumado a ser servido por Mei que não pensa duas vezes antes de se sentar à mesa e comer até sua barriga doer. Ele sabe que deveria voltar imediatamente para casa, mas mal consegue se mover, no estado em que se encontra, por isso perambula pelo castelo, só para ver como é, e inveja o solário, a biblioteca e os jardins, antes de encontrar um cômodo com a porta aberta e a lareira acesa, a cama com cobertores recheados de pena de ganso e travesseiros fofinhos. Ele não consegue evitar se deitar, porque é assim que Mei arruma sua cama em casa.

Quando abre os olhos, já é manhã. Há uma pilha de roupas limpas do seu tamanho ao lado da cama, assim como uma caixinha de veludo com dois pentes incrustados de pedras preciosas. Lieu Wei os guarda no casaco, pensando que serão os presentes perfeitos para suas filhas mais velhas. Também há no quarto uma bandeja com ovos, torrada com manteiga e uma xícara de chocolate quente. Um homem mais modesto se perguntaria quem havia providenciado tudo aquilo e o porquê, mas Lieu Wei mal pensa a respeito, como se fosse hóspede de um hotel luxuoso. Depois de comer e se trocar, ele segue para o estábulo para pegar o cavalo, que já o espera à porta, descansado e bem alimentado, sob um pergolado com rosas.

Está prestes a partir quando se lembra de Mei e do que ela pediu. Ele verifica as flores acima de sua cabeça, escolhe a mais bonita e sente o aroma de suas doces pétalas antes de arrancá-la e guardá-la no casaco.

Então, ouve um som e vê algo se aproximando do castelo, uma forma monstruosa com o rosto cor de lodo, peludo e horrível, encimado por chifres de demônio. Lieu Wei cai do cavalo, em choque, e se arrasta para trás...

– Você é muito ingrato – o monstro diz, com raiva. – Salvei sua vida lhe dando abrigo no meu castelo, e você me paga arrancando uma de minhas rosas preferidas. Vamos ver o que acontece quando eu arrancar suas entranhas.

Lieu Wei une as duas mãos, em súplica.

– Sinto muito, meu senhor! Por favor, poupe-me! É para minha filha, que só pediu uma rosa, podendo escolher entre todos os presentes do mundo...

– Não me chame de "meu senhor". Chame de "Fera", que é como me enxerga. Veja só como treme. Como desvia os olhos. O quanto quer se livrar de mim! – o monstro rosna, assomando sobre ele.

Então, o rosto horrível fica um pouco menos horrível, como se refletisse.

– Entre todos os presentes do mundo, sua filha pediu apenas uma rosa? – ele pergunta.

– Ela é humilde, boa e bonita – Lieu Wei diz. – Chama-se Mei. Recebeu esse nome porque é bela por dentro e por fora. Por favor. Preciso voltar para casa.

O corpo da Fera se enrijece. Ela torce o nariz já torto.

– Está bem, ruge. Vá para casa.

Lieu Wei fica de joelho aos seus pés.

– Obrigado, bondosa Fera...

– Mas, se quer partir vivo, deve me mandar Mei para assumir seu lugar ao anoitecer – a Fera exige. – Se não o fizer, encontrarei você e sua família e farei pedacinhos de todos. Pode escolher. Morra agora ou prometa enviar sua filha em seu lugar.

Lieu Wei fica sem fôlego.

– Mas... mas...

A Fera ruge na cara dele. Lieu Wei está tão assustado que salta sobre o cavalo e foge para a floresta, selando sua promessa.

Ele decide não contar a Mei o que aconteceu. Eles vão mudar de casa, mudar de cidade, pegar um navio até os limites do mundo para escapar do atroz demônio. Mas e se forem seguidos? E se a Fera os encontrar, não importa onde forem?

Lieu Wei tenta colocar um sorriso no rosto ao chegar em casa. As filhas mais velhas fazem pose com os pentes novos no cabelo, concentradas em seu reflexo no espelho, sem se importar com como correu a reunião em Toulouse. Mas Mei conhece o pai bem demais. Quando ele lhe entrega a rosa, ela enxerga sua angústia, como se o presente tivesse lhe custado tudo. Mei insiste até que o pai confesse tudo: a reunião malsucedida, a tempestade de neve, o castelo, a Fera que quase o matou e a exigência que ela fez para deixar Lieu Wei partir.

– Não tenha medo – ele diz, segurando a mão da filha. – Nunca deixarei que o monstro fique com você.

Mas Mei não parece nem um pouco assustada. Seus olhos escuros brilham quando ela se inclina para a frente.

– Me conta sobre a Fera. Tem dinheiro?

– Tanto dinheiro que até as maçanetas das portas são feitas de ouro maciço – o pai diz.

– O castelo é grande? – Mei pergunta.

– Como um palácio, com grandes salões, uma biblioteca e um jardim. Tem tantos cômodos que tive dificuldade para encontrar a saída.

– E ninguém mais morava ali além da Fera? – Mei pergunta.

– Nem mesmo um rato.–

– Compreendo – Mei diz. – Então, eu devo ir e tomar seu lugar, como você disse.

Lieu Wei fica empalidece.

– Por quê?

– Porque você fez um acordo – Mei diz.

O pai a segura, tentando fazê-la mudar de ideia, mas não adianta – ele sabe que a filha é tão determinada quanto virtuosa.

Mas sua virtude não tem nada a ver com as razões por que Mei concorda com os termos da Fera.

Ela decide ir ao castelo, que conta com uma biblioteca e um jardim, e em que ninguém mais mora, por outro motivo.

Para matar a Fera.

Ninguém se importaria, não é?

E o castelo seria dela.

Parece um bom lugar onde envelhecer.

O assassinato não corre conforme o plano.

Ela está bem-preparada. Tem uma adaga amarrada à perna, sob o vestido, e sente o aço frio contra a pele quando acelera o cavalo. O animal sabe o caminho e cavalga tranquilo, pensando no balde de maçãs que será sua recompensa. Ela se certifica de chegar ao castelo da Fera quando ainda está claro, para não ser emboscada no escuro. O cavalo atravessa os portões a galope, e ela o para bem na frente do castelo.

Mei fica surpresa com sua falta de medo.

Talvez porque já odeia a Fera.

Matar uma filha no lugar do pai?

Desfrutar dos tormentos de uma jovem?

Tão previsível.

A Fera pode ser um monstro, mas parece um homem.

Gravetos quebram...

Ela se vira e dá com a Fera perto do estábulo, sob o pergolado com rosas, segurando uma bandeja com corações de chocolate e duas taças de champanhe. É como o pai a descreveu: de um tom esverdeado estranho e repugnante, com olhos amarelos separados e nariz estreito, como um leão tortuoso, nascido no fundo do mar. A Fera não ruge ou ataca. Usa um traje bem passado e encaracolou e amarrou com laços as pontas dos pelos. Olhando para ela, a Fera hesita, alternando o peso do corpo entre um pé peludo e outro, incerta quanto ao que fazer a seguir.

Mei percebe que o pai entendeu tudo errado.

A Fera não pretende matá-la.

Só quer companhia.

Para Mei, isso é pior do que a morte.

– Você é minha prisioneira agora – a Fera vocifera. – Nunca poderá voltar para casa. Viverá aqui para sempre.

– Veremos – ela diz, entrando na casa.

O castelo é tão suntuoso e belo que nem parece ter sido construído por seres humanos. As estátuas sorriem para ela, as cortinas se abrem um pouco mais para iluminar seu caminho, um espelho até diz: *Por aqui!*, como se soubesse o que Mei procura. É atrás da biblioteca que Mei está, e quando a encontra cai de joelhos, porque é mais alta que a casa mais alta de Mont-de-Marsan, tão ampla quanto um salão de baile real, com escadas mágicas que se curvam até o chão e a erguem, levando-a dos romances lá em cima direto para os mistérios lá em baixo, ou para fantasia, no meio, cada prateleira uma terra exótica, já que os homens de sua cidade só tinham livros sobre naufrágios e selvas. Ali há muitos outros, livros demais, e ela nem sabe por onde começar. Então, Mei nota a Fera espiando da porta, ainda com os corações de chocolate, e acha que esse é o momento de matá-la, para poder ler em paz...

– Tente este – a Fera diz, depois pega um livro da prateleira mais baixa e coloca sobre a mesa.

E vai embora.

O espelho conduz Mei a seu quarto, cujo tamanho é impressionante. Tem três guarda-roupas, lotados de vestidos e sapatos que ela nunca vai usar, mas a cama é confortável, e Mei se aconchega em meio aos travesseiros para dar uma chance ao livro. Não é sobre naufrágios ou selvas, mas sobre um homem chamado Barba-Azul, tão bonito e rico que arranja uma esposa depois da outra, verificando se cada uma obedece às suas regras, cortando-lhes a cabeça quando isso não acontece, até que finalmente uma moça consegue escapar e é resgatada por um belo príncipe moreno, que apunhala o coração de Barba-Azul. E fim.

Ela fecha o livro, com força o bastante para assustar os espelhos do corredor, que sussurram *Meu Deus!* e *Minha nossa!*, como se estivessem acostumados com o silêncio.

O jantar é servido às 6 horas da tarde, e ela escolhe um pesado vestido prata do guarda-roupa, semelhante a uma armadura.

A mesa do salão principal resplandece, com salada de lagosta e trufas, *confit* de faisão, creme de ovos, bife à *chateaubriand*, biscoitos salgados e creme de limão e framboesa – mas Mei quer apenas caldo e arroz, que a Fera vai lhe buscar sem demora. A jovem se pergunta quem é que cozinha ali.

– O castelo foi encantado por fadas – a Fera diz, lendo sua mente. – Elas me encontraram vagando na floresta e me trouxeram para cá. As fadas sempre gostaram de mim. Veem além da superfície. Veem quem você realmente é.

Por essa eu não esperava, Mei pensa. Será que as fadas iam gostar dela? Não quer ser mal-recebida em sua própria casa. Talvez deva esperar até que as fadas passem para o seu lado para matar a Fera. O que vai ser difícil, já que Mei nem consegue vê-las...

– Gostou do livro? – a Fera pergunta.

Mei ergue os olhos.

– Não sabia que feras liam livros.

– Quando leio um livro, não sou a Fera – ele diz. – Gostou do livro? – pergunta de novo.

– Não muito – ela responde. – Uma moça deve lutar suas próprias batalhas contra monstros. E não chamar um príncipe.

A Fera fica olhando para ela por um longo tempo.

– Vou separar outro amanhã – diz.

Os dois comem em silêncio, e ela nota que os modos da Fera são melhores do que esperava. Enquanto lê no jardim, ao crepúsculo, Mei se pega pensando no livro que ele escolherá para ela. Sempre escolheu suas próprias leituras. Mas, agora, pensa no que a aguarda: o tamanho, o toque, o cheiro do livro... Quando se despe, à noite, encontra a adaga presa à perna e mal recorda seu intuito. De qualquer modo, é melhor deixá-la ali. Por garantia. É a mesma dança, todos os dias. Um livro na mesa depois do café, comentado por ela durante o jantar. No segundo mês, ela já vê a Fera salivando ao se sentar, não à espera do banquete, mas das impressões de Mei sobre o livro escolhido. Apesar da resistência dela a lhe fazer mesmo que o mais leve elogio, Mei percebe que o gosto da Fera está melhorando. Ela lê a história de um rei com quatro filhos, que é enganado por três deles e acaba condenando à morte seu preferido. Lê sobre uma família pobre de um vilarejo que acaba ficando rica e se desfazendo por conta disso. Lê sobre animais reassumindo o controle da terra. A maior parte dos livros não tem um final feliz, são um alerta de como não se pode confiar nos homens, e ela poderia lê-los até o fim de seus dias. Contudo, quanto mais feliz ela fica com as escolhas da Fera, quanto mais seus olhos brilham para os dele à mesa do jantar, mais leves as escolhas se tornam – um menino perdido reencontra a família numa ilha, uma cidade sofrendo com a seca encontra uma receita mágica para fazer chover, uma rainha e uma cozinheira de baixo escalão iniciam uma amizade improvável –, até que, finalmente, uma a ofende, sobre uma moça independente, amante dos livros, que entra em conflito com um homem ranzinza e pretensioso de rosto quadrado, mas depois acaba se apaixonando e se casa com ele.

– Você acha que é um final feliz? – Mei pergunta, mal tendo se sentado para o jantar.

– Os dois se apaixonam e se casam – a Fera responde.

– Ela se apaixona porque ele é bonito – Mei insiste.

– Mal o conhece.

– O que uma moça precisa de um homem para se casar com ele? – a Fera pergunta. – O que mais ela precisa saber?

– Que pode contar com ele. Que ele a compreende. Que, se ela cair, ele vai pegá-la.

– Eu te ofereço tudo isso – a Fera diz. – Quer se casar comigo?

Mei pisca para ele.

– Ela se apaixona porque ele é bonito – a Fera rosna.

– É isso que todas as moças querem.

No dia seguinte, ela recebe um livro sobre uma moça feia que entrega sua voz para ser bonita e poder se casar com um príncipe lindo, e nem consegue terminá-lo. Ela abandona o livro no jardim, iluminado pelo sol, onde sabe que a Fera vai encontrá-lo.

– Ofendi você? – ele pergunta no jantar.

– Acha que não me caso com você por causa da sua aparência – ela diz. – Mas você é uma Fera que me mantém refém e espera que eu retribua isso com amor.

– E se eu libertar você? – a Fera pergunta. – Então, se casaria comigo?

– E se eu não quiser me casar? – Mei retruca. – E se eu não estiver atrás de amor?

– A solidão não é nenhuma vitória – a Fera responde, com um suspiro. – Passei a vida toda me sentindo só.

– Bem, não sou como você – Mei diz. – Sozinha é quando me sinto mais feliz.

– Você foi feita por uma mãe e um pai. Você foi feita do amor – a Fera argumenta. – Foi o amor que te nomeou Bela. É a semente de quem você é, ainda que proteja seu coração com a dureza de uma fera. O amor vai encontrar você. Como a luz de mil fadas me encontrou.

Os olhos dele faíscam, como se refletindo asas minúsculas.

Mei olha para a ele, com as bochechas coradas.

Então, sente o rosto gelar.

– Você sabe tanto sobre o amor quanto sabe sobre a beleza – ela diz, e o deixa ali, sozinho.

No dia seguinte, a Fera não separa nenhum livro da biblioteca.

Mei sobe a escada até a prateleira mais alta, como se escalasse uma montanha, à procura de sua vitória, de algo que ela mesma tenha encontrado...

Então, pisa em falso.

E cai.

Cai, cai, cai, rumo ao chão...

Patas macias a pegam, embalam-na, como se tivessem estado ali o tempo todo. Em um instante, o amor preenche o peito dela, um amor que Mei vinha reprimindo, um amor que tinha deixado esquecido desde a morte da mãe, tão pleno de luz e força que perfura toda a escuridão em seu coração. Ele estava certo. O amor a encontrou, bem a tempo. E agora ela vai se casar com ele, com sua bela Fera, porque ele não é uma fera para ela, não com esse toque, não em qualquer sentido que importe.

Mas Mei está pensando apenas em si mesma.

Como faz com frequência.

Ela caiu muito do alto. Ao pegá-la, a Fera salvou seu amor, não a si mesmo. As costas dele se quebram ao bater no chão de mármore. Mei ouve o estalo, como o de um coração dividido em dois.

Quando ela rasteja para fora das patas da Fera, vê seus olhos úmidos, a cor deixando suas bochechas, a vida por um fio cintilante, da grossura de uma folha de livro.

– Por favor. Não se vá – ela implora.
Ela o beija nos lábios, segura seu corpo trêmulo...
Gritos chegam lá de fora.
O trovejar dos cavalos.
Mei corre para a frente do castelo e abre a porta.
Ali está Lieu Wei, de armadura completa, com seis homens bonitos a cavalo, portando arcos e espadas. Ele voltou a enriquecer, o pai dela. Era só uma questão de tempo. Agora, veio buscá-la.
Mei bate à porta em desforra, tranca-a, fecha-se lá dentro.
Então, corre para a biblioteca...
Mas a Fera já não está onde a deixou.
Em seu lugar, há um lindo príncipe moreno, de traje dourado, que parece ter vindo para se casar com ela. É um dos homens de seu pai!
Mei não hesita. Pega a faca da perna e apunhala o peito do desconhecido, em um golpe brutal, então o derruba, exigindo saber o que fez com a Fera.
– Diga! – ela grita. – Diga!
É só quando Mei vê o brilho nos lábios do príncipe, onde ela o beijou, o fogo familiar em seus olhos, repletos de um amor desvairado e feroz, é que o fôlego o abandona, e o coração dela compreende a profundidade de seu erro.
Ver e não enxergar.
Ela é tão culpada quanto os outros.

Em um castelo vazio, uma moça lê um livro.
As fadas lhe levam chocolate e chá.
Mas ela só quer silêncio.

Um silêncio que só é quebrado quando ela termina de ler a última página.

Ela fica ouvindo, à espera, o farfalhar dos livros na biblioteca, a procura minuciosa por parte de uma mão invisível, antes que um novo volume seja deixado à mesa, para que a moça o encontre.

Ela ouve agora mesmo.

Ffft. Ffft. Ffft.

Como passos de um fantasma no mármore.

Como as pétalas ao caírem de uma rosa.

Quando o homem com barba azul chega, nenhum dos meninos quer ir com ele.

Isso assusta o diretor do orfanato, porque todos os meninos anseiam por um lar, longe das camas úmidas, do mingau nojento e das surras rotineiras que os mantêm na linha. A penúria do lugar é intencional: de que outra forma eles esfregariam o rosto e abririam seu melhor sorriso quando chegasse o próximo casal, um homem e uma mulher bem-intencionados, atrás do menos feroz deles para chamar de seu?

Mas o homem com barba azul chega sem a companhia de uma mulher. Ele atravessa as portas sozinho, coberto por uma pele de tigre branco, o pescoço e os dedos adornados por rubis, o salto afiado das botas pretas empalando o chão, *claque-claque-claque*, e os meninos têm que ser ameaçados com um chicote para deixar os quartos. Já o viram antes. Veio duas vezes, fez com que se alinhassem e inspecionou um a um, com os olhos pretos como pedra e o sorriso oco, à caça de algo em particular, algo que não consegue encontrar, e por isso parte de mãos vazias, arrastando a cabeça de um tigre branco atrás de si. Suas sobrancelhas são escuras e cheias, seu cabelo é preto e curto, sua barba é da cor da meia-noite, tão azul e estranha que parece um aviso.

Barba-Azul, os meninos sussurram, e inventam histórias para explicar a barba: a maldição de uma bruxa, o ninho de um dragão, um portal para o inferno. No entanto, ele não a esconde. Em vez disso, deixa-a comprida e densa, sempre bem cuidada, como se fosse sua floresta particular. O homem é tão bonito quanto rico. Ainda assim, nenhum dos meninos quer ir com Barba-Azul, mesmo que isso signifique mais sujeição e mais mingau. E, pelo momento, Barba-Azul tampouco os quer.

Então, chega um menino chamado Pietro, que acabou de fazer 16 anos, com traços suaves e femininos, longos cabelos loiros e grandes olhos verdes, que piscam como uma boneca. É bastante difícil ser um recém-chegado no orfanato: os outros meninos não têm nenhum interesse em você, não depois de todos os banhos gelados, todas as tigelas cheias de vermes, todos os Natais sem presentes. Mas Pietro é espantoso, com sua boca rosada e as duas pequenas pérolas no lóbulo da orelha, como se nem fosse um menino. Os outros desviam quando ele passa, principalmente os mais velhos, com medo de pegar o que quer que faz dele menos homem. No entanto, não conseguem parar de olhar, com a boca úmida e as bochechas coradas. Enzo é o único que toma uma atitude, ao se sentar ao lado dele para jantar, porque nota que Pietro não está comendo e pensa que, se for legal, pode ficar com a tigela dele também.

— De onde você veio? — Enzo pergunta.

— Da Calábria — diz Pietro. Sua voz é etérea e doce, embora pareça um tanto alheia. Os meninos das outras mesas atiram colheradas de mingau nele, que atingem seu cabelo. Pietro não se importa. São seus irmãos, todos eles. Seu sofrimento os torna parentes.

— Estava em outro orfanato? — Enzo pergunta.

— Não — diz Pietro.

— Seus pais morreram?

– Quando eu tinha 9 anos.

– Com quem você morava, então?

– Com meu tio.

– Um bom homem?

– Por um tempo, ele foi.

– E agora entregou você?

– Não exatamente.

– O que aconteceu com ele?

Pietro se vira para Enzo.

– Eu o matei.

Notícias assim viajam rápido.

Os meninos param de jogar mingau.

Naquela noite, Pietro desperta assustado na cama. Um homem com barba azul estende uma mão, como um anjo no escuro.

Nenhum dos outros meninos está acordado, e Pietro acha que está perdido em um sonho. Então, vê o diretor do orfanato atrás do desconhecido barbado, segurando um saco de ouro.

– Quer vir morar comigo? – Barba-Azul pergunta ao menino.

Pietro prende o fôlego.

São as mesmas palavras que seu tio usou quando o encontrou.

O menino aprendeu bastante desde então.

Conhece os perigos dos homens.

O que escondem a portas fechadas.

Mas Pietro é prático.

Ali, cada menino precisa cuidar de si próprio.

E essa é sua chance de ir embora.

As joias nos dedos de Barba-Azul refletem nos olhos do menino, como estrelas cadentes.

Ele se inclina e as beija.

— Você tem esposa? — Pietro pergunta a Barba-Azul enquanto seguem pelas montanhas em sua carruagem.

O último raio vermelho de sol corta a janela como um sabre, deixando o menino banhado por um brilho sangrento e seu novo senhor perdido nas sombras.

— Já tive uma — Barba-Azul responde. — Mas esposas são animais curiosos. Metem o nariz onde não são chamadas e fazem perguntas demais. Não são gratas pelo que têm. Diferente de você. Você é quieto e obediente. É grato por ter um homem como eu, que o protege.

Há controle em seu tom, do tipo que cala a voz de Pietro antes mesmo que ele possa dizer algo. O menino é grato pelo sol ofuscante, obscurecendo o rosto desse homem que o reivindica.

— Não tenha medo — Barba-Azul diz. — Pode convidar quem quiser para ficar conosco. Você tem família?

— Não — diz Pietro.

— Amigos?

— Não.

— Ah, então seremos só você e eu — diz Barba-Azul.

A luz se altera, tirando-o da escuridão. Ali está ele, o retrato de um homem, o nariz torto, como se tivesse quebrado, uma cicatriz não muito antiga na bochecha direita, a pele lisa de uma maneira que não parece natural, como se tivesse sido embalsamado. É difícil deixar o cheiro dele passar: uma cortina quente e fumacenta, como se Barba-Azul tivesse nascido das chamas. Já não veste a pele de tigre e braços grossos saem da túnica, o azul da barba chega aos pelos escuros do peito. Ele acena com a cabeça para uma caixa com figos, amêndoas salgadas e queijo que está ao lado do menino, mas Pietro não come, porque se comer terá um

dono, como um cachorro que aceita a coleira. Do outro lado da janela, ele vê uma floresta passar. Poderia abrir a porta com um chute e desaparecer em questão de segundos. Mas, então, se lembra do que acontece com meninos como ele que se perdem na floresta. Sempre são encontrados por aquele tipo de homem. Não importa aonde vão. Há homens daquele tipo em toda parte. Abutres fingindo ser leões.

A floresta termina. Pelo vidro, Pietro vê que o homem tem os olhos fixos nele. A carruagem vai mais devagar, cortando o pico, aproximando-se do castelo. Do lado de fora, Pietro nota uma raposa velha e esquelética, sozinha, agachada na grama. Predadores devem pensar que a raposa é fraca. Mas ela sobreviveu até agora, não é? Assim como seus afins: frágeis fisicamente, mas de espírito forte, sempre prontos para correr, não importa quantas vezes sejam caçados. Porque, um dia, serão livres, livres afinal, para brilhar, para existir neste mundo, como o vento, o sol ou a chuva, constrangendo os corações mais fracos, que desistem fácil demais. São irmãos, Pietro e a raposa, assim como Pietro e os meninos do orfanato, todas as almas negligenciadas e subestimadas, são todos irmãos. Pietro olha nos olhos e no coração da raposa, e começa a ouvir sua história, um eco da dele.

A carruagem volta a acelerar. A raposa some de vista.

— O que aconteceu com seus pais? — Barba-Azul pergunta.

— Uma gripe assolou a Calábria — Pietro responde. — Só as crianças ficaram imunes. Botaram meu vilarejo em quarentena e não deixaram ninguém entrar, por meses. A maior parte das crianças morreu de fome. Se eu ainda estava vivo quando meu tio chegou, foi porque me alimentei de lascas de uma única barra de manteiga.

— Você teve sorte — Barba-Azul aponta.

Pietro olha para ele.

— Fui esperto.

Quando Pietro era mais novo, seus pais costumavam ler histórias de amor para ele, sobre moças que se apaixonavam por príncipes em seus castelos. Pietro colocava-se no lugar delas, que começavam o dia como moças comuns e o acabavam nos braços de um rapaz. Os pais também liam histórias de alerta para ele, sobre belos homens com passado sombrio, homens que cortavam a garganta das esposas, e às vezes Pietro se perguntava se essas histórias eram as mesmas – se os príncipes valentões que levavam moças inocentes para seus castelos não se transformavam em homens sem alma que as assassinavam.

O castelo de Barba-Azul fica à beira de um penhasco. Tem três torres de pedra, com torretas pontiagudas, como um forcado despontando do mar em meio à escuridão da noite. Conforme a carruagem atravessa os portões e segue o caminho até o topo da montanha, Pietro ouve as ondas batendo contra as pedras, tal qual o som de fantasmas batendo à porta. Não há nenhum cavalariço, nenhum criado à espera. O cocheiro vai embora com a carruagem. Barba-Azul conduz Pietro para o castelo, os dois sozinhos.

A primeira coisa que o menino vê é a lâmina curva de uma espada, suspensa na escuridão, como um sorriso cintilante. Então, a luz preenche sua visão, uma centena de lustres, globos espelhados de chama e cristal, iluminando a espada na parede e os longos corredores que há de um lado e de outro, o carpete de veludo vermelho apontando o caminho a ser seguido. A casa tem o mesmo cheiro de seu dono, almiscarado, denso, fumarento, e Pietro se rende a ele, respirando fundo, passando pela espada e explorando a casa sem pedir permissão. É uma terra maravilhosa de flores e doces, violetas, loendros e primaveras brotando em cada cômodo, ao lado de latas de chocolate, marzipãs e pilhas de crepes com cobertura. Há diversos porta-joias, baús e armários, muitos dos quais trancados. Pietro tem vontade de olhar pelas fechaduras brilhantes. Bonecas observam, como sentinelas, meninas e meninos de louça, empoleirados nas camas, sentados em almofadas, guardados em vitrines, todos de olho no garoto, aonde quer que vá. Barba-Azul também o acompanha, como se fosse sua sombra. Seus olhos se encontram no espelho.

– Qual é o meu quarto? – Pietro pergunta.

– Todos eles são – Barba-Azul diz. – Com exceção de um.

Pietro responde com um olhar interrogativo, mas seu guardião já está no corredor, o carpete vermelho e fino o carregando como uma corrente sanguínea.

– Tome um banho e vista roupas limpas – Barba-Azul ordena. – Há roupas para você em todos os armários. O jantar será servido em vinte minutos.

Pietro encontra uma banheira no cômodo seguinte, já cheia de água quente, coberta de bolhas cor-de-rosa e polvilhada de flores de cerejeira. Ele se tranca no banheiro e tira a roupa que vem usando há dias, então avalia seu rosto sujo e cansado no espelho, antes de afundar na água, em um silêncio estrondoso, imaginando se estes são seus últimos minutos de liberdade. Depois que ele e seu novo senhor se sentarem à mesa do jantar, a caçada terá início.

Pietro aprendeu isso com o tio.

As fases da caçada.

Primeiro, o acordo.

– Tomarei conta de você, e você será um bom menino.

Depois, a ameaça.

– Se me trair, irá para a rua.

Por último, a punição.

O acordo está rompido.

E as coisas não podem voltar a ser como antes.

A morte prepara caminho em todas as direções, como óleo aguardando a chama.

Pietro abre um guarda-roupa e encontra uma camisa de seda de um azul puro, principesco. Ele a combina com uma calça de linho branca, e quando se olha no espelho parece pronto para um dia de verão. Barba-Azul não disse onde o jantar seria servido, por isso Pietro perambula pelos corredores até sentir o cheiro ensanguentado de carne e encontrar seu senhor esperando a uma longa mesa de vidro, encostada a uma parede também de vidro, cuja superfície reflete o estranho azul de sua barba e seu casaco de veludo preto. Na mesa, dois pratos com filé, batatas e ervilhas, além de caixas de chocolate de cada lado de uma vela alta, pingando cera.

O garoto fica cutucando a carne.

Barba-Azul observa e sorri.

– Amanhã vou tratar de negócios em Astapol – ele diz. – Passarei pelo menos duas semanas fora. Isso vai lhe dar tempo de se acostumar com seu novo lar. Há bastante comida na cozinha, embora eu tenha notado que você não precisa de muita.

Pietro faz menção de pegar um chocolate da caixa...

Mas Barba-Azul a fecha.

– Ouça – ele diz, duro.

Pietro ergue os olhos.

O acordo.

Barba-Azul tira um molho de chaves do casaco e o coloca na mesa, um aro de aço polido, as chaves se espalhando ao redor dele como uma centena de dentes afiados.

– Estas são as chaves de todos os cômodos do meu castelo – ele diz. – Cômodos em que você tem permissão de entrar e dos quais pode reivindicar guarda-roupas, caixinhas e porta-joias. Tudo isso é seu. Mas há esta chave pequena aqui, preta. Está vendo?

Pietro nota a pequena chave preta, que se destaca das outras, lisa como uma obsidiana, como se feita de algo mais profundo que metal, de algum material do centro da terra.

– Essa é a única chave que você não pode usar – Barba-Azul avisa. – Abre uma câmara no porão da torre norte. Proíbo você de entrar lá, e se o fizer será severamente punido.

Tudo muito claro, Pietro pensa, observando o mar tempestuoso. Em geral, as fases da caçada vêm em ondas, mas aqui elas chegam juntas, como chaves no mesmo aro, acordo, ameaça, punição, um, dois, três.

– Pegue as chaves – Barba-Azul ordena. – São suas agora.

Pietro não tem escolha.

O jogo já começou.

Ao alvorecer, Barba-Azul parte para Astapol. Ele bate na porta de Pietro antes de ir e enfia a cabeça lá dentro, mas o menino finge estar dormindo. Enrolado nos lençóis de cetim, espera até ouvir as portas do castelo se fecharem antes de correr para a janela. Sozinho, vê a carruagem parar e absorver o homem e sua maleta, depois os cavalos descerem a montanha, com o céu azul como tinta. Pietro solta o fôlego.

Por seis dias, vive no céu. Pavoneia-se pelo castelo usando as peles de Barba-Azul, em trajes finos, com botas de salto alto, usando paletós de veludo e roupões de algodão, comendo chocolate e bolo, jogando-se no sofá como uma rainha enfadada, lendo os romances que encontra nas estantes. Quando faz calor, ele sai do castelo e toma sol no gramado, ou dança no telhado ao som de alguma música imaginária, ou faz um piquenique com melão, iogurte e picles, imaginando que está em seu palácio de campo, sozinho. À noite, inventa novas receitas e não se apressa na execução – sopa picante de manga e gengibre, risoto de cogumelos com azeite trufado, *ratatouille* de tupinambo, cuscuz com lentilha e sementes de romã –, então come em silêncio, saboreando mesmo que tenha ficado horrível, e depois limpa a cozinha até deixá-la impecável, só para no dia seguinte fazer tudo de novo. Pietro dorme em um quarto diferente a cada noite, e a sensação é de que nunca vai precisar repetir.

Mas, então, a sensação serpejante ressurge, a tensão no pescoço, o lembrete de que ainda tem dono, como um cordeiro que engordam e deixam brincar antes de descobrir por que foi comprado. A sensação vai ganhando força, até que Pietro está tomando café de roupão, com uma tolha enrolada na cabeça, a pele cheirando a orquídeas brancas, a barriga cheia de creme de coco, no entanto não consegue pensar em nada além da chave em seu bolso, *aquela* chave, a chave que deveria esquecer. O acordo é simples: se não for ao porão da torre norte, não será punido. É um simples teste de sua curiosidade. A maioria dos meninos não passaria, tentada demais pela transgressão, mas ele não é como a maioria. Para Pietro, é uma regra menor a obedecer em troca daquela vida, em que pode ser soberano de um solar no alto da montanha e uivar para a Lua. A pegada-fantasma em seu pescoço se aperta. Essa vida não é *real*, claro. Barba-Azul vai voltar, e Pietro não será mais o senhor do castelo. Será seu escravo. É o acordo que fez apertando a sua mão para sair do orfanato, mesmo que não pudesse ajudar os outros. A liberdade a qualquer custo.

Mas como viver segundo um acordo cujo preço não se conhece?

Pietro se levanta da mesa e vai até a câmara, depressa, ainda de roupão e turbante, agindo como se não fosse nada demais, como se só fosse ao porão pegar mais azeite e um cobertor extra. Por dentro, seu estômago se revira, a adrenalina faz seus músculos queimarem, como se ele fosse uma raposa prestes a ser perseguida.

O porão está quase vazio, não há nada ali além de um suporte alto para vinhos e alguns baús trancados. Para um porão, está limpo e organizado, e Pietro se pergunta se está na torre errada, porque não vê nenhuma porta...

Até que vê.

Só quem a procurasse poderia encontrá-la, escondida à sombra do outro canto. Conforme Pietro se aproxima, vê que o chão perto do batente tem manchas escuras e marcas de pegadas profundas, como se as lembranças dos que ali pisaram não pudessem ser apagadas. É sua última chance de dar meia-volta, mas ele não vai fazê-lo, porque esse é o caminho, essa é a única porta para a verdade. Pietro tira o molho do bolso, e seus dedos encontram a chave preta e lisa e a enfiam na fechadura. Ele a gira, rápido, destrancando-a, então empurra a porta pesada...

Pietro solta um grito e se apoia na porta. A chave cai de suas mãos, batendo contra a pedra.

Há seis meninos escorados às paredes, variando em altura, tamanho e tom de pele, mas todos da mesma idade, com os mesmos traços suaves e a mesma leveza etérea, uma beleza que não se encaixava em termos de menino ou menina. Suas gargantas estão cortadas, suas roupas estão manchadas de sangue, seus olhos estão arregalados, como se tivessem testemunhado os horrores do cômodo, sem conseguir evitar seu destino.

Pietro leva a mão ao pescoço, de repente sem ar. Precisa sair – agora, *agora*, agora! –, antes que deixe algum sinal ou rastro. Em pânico, ele pega o molho de chaves do chão e nota uma mancha de sangue na que abre a câmara. Pietro tenta limpar com a mão, mas não sai. Ele corre escada acima e mergulha a chave na água com sabão, esfrega com cândida e óleo, coloca-a no forno, mas ela continua igual, a mancha vermelha indelével, mais forte a cada tentativa de apagá-la. O que fazer?

Escondê-la? Livrar-se dela? E se Barba-Azul a pedir? Claro que ele vai pedir! Vai ver a mancha de sangue, a mancha que não sai, porque a intenção é que não saia mesmo... Então, Pietro se dá conta.

Como os seis meninos antes dele deviam ter se dado conta.

Acordo, ameaça, punição.

As fases da caçada.

O acordo foi rompido.

A ameaça foi ignorada.

Agora, ele vai morrer.

A menos que consiga escapar, descendo as montanhas e se embrenhando nas árvores, a menos que corra, corra, corra...

Ouve-se um rugido vindo lá de fora.

Pietro corre até a janela. A carruagem sobe a estrada, ainda na base da montanha, uma sombra iluminada por duas tochas acesas, como os olhos de um demônio. Barba-Azul está a caminho, tendo pressentido o crime do menino, assim como pressentira sua chegada no orfanato.

Não há escapatória.

Pietro cai de joelhos, seus soluços o sufocando enquanto pensa no monstro que vem para matá-lo, e no trecho de pedra vazio à parede, perto dos outros, que será seu...

Devagar, o choro abranda.

Sua respiração fica mais robusta.

A história ainda não acabou.

Muito embora já tenha sido contada antes.

Todo menino achando que é diferente.

Todo menino achando que pode infringir as regras dos homens.

Todos acabam abatidos.

Mas Pietro é *mesmo* diferente.

Porque ele não luta apenas por si mesmo.
Luta por seus irmãos.
E quem luta pelos outros não cai tão fácil.
Pietro aprendeu essa lição com o tio.
Ele achava que tinha derrotado o menino, que o tinha encurralado pelo resto da vida.
Três gotas de veneno em seu vinho...
Uma raposa sempre dá um jeito.
Pietro retorna à câmara ensanguentada.
Dessa vez, mantém o corpo ereto ao abrir a porta, a chave firme entre os dedos.
Lá dentro, ele não tem pressa. Inclina-se sobre o primeiro cadáver e fita os olhos assustados, toca a pele fria e escura, como se estivesse com ele no momento da morte, segurando-o apesar do medo. Pietro beija sua testa, e o beijo os une na fraternidade e no amor. Em troca, ouve a história que o menino guarda no coração.

Barba-Azul entra no castelo, sedento de sangue, estrondoso.
O homem sorri, a crescente branca brilha no escuro como a espada na parede, que o cumprimenta, e que ele pega. Depois vai à caça.
Não precisa ver a chave.
Não precisa de provas.
Sente o gosto de sangue na boca.
É para isso que vive.
Para caçar e matar.
Só que não há sinal dele.
Do menino.
Barba-Azul nunca pensa neles pelo nome.

Não há ninguém nos quartos, nem nos armários. Não há ninguém escondido debaixo da cama.

A maioria se esconde debaixo da cama.

Então, onde está ele?

Barba-Azul se lembra de um menino que nunca saiu da câmera proibida, temeroso demais para se esconder, à espera de sua punição com os cadáveres dos outros. O menino de agora o lembra dele, com sua juba e seus olhos inocentes.

A porta do porão está aberta.

Ele vê as pegadas do menino no chão, frescas.

Com cuidado, entra na câmara...

E fica tenso.

Eles sumiram.

Todos sumiram.

A câmara está vazia, não restando nada além de sangue.

Barba-Azul se põe em movimento, as botas ressoando pelos degraus, a espada firme na mão, a respiração entrecortada, como se o perseguido fosse ele. Corre até o alto da escada, até a ala oeste, seguindo o caminho vermelho através dos corredores com tochas acesas, até chegar ao cômodo de vidro, que dá para o penhasco...

Eles estão aqui.

Esperando por ele.

Seis meninos, sentados à mesa.

Com a camisa aberta.

E o nome escrito em sangue no peito.

Alistar, que adora gatos.
Rowan, que adora chocolate.
Lucas, que adora o mar.
Stefan, que adora correr.
Pedro, que adora cavalos.

Sebastian, que adora cantar.

Barba-Azul solta um ruído estrangulado, como se não conseguisse respirar, e suas bochechas ficam da mesma cor da barba.

Tempestuoso, ele vai de um a um, espalhando o sangue, tentando limpá-lo, mas só piorando tudo. Passa de um menino para o seguinte, o sangue manchando seu rosto, seus braços, sua barba, até que ele chega a Sebastian e o agarra, esfrega seu peito, tentando limpá-lo, tentando limpar seu nome. É quando sente alguém ali, logo atrás do garoto, como se aquele corpo guardasse outro. Barba-Azul empurra Sebastian de lado...

Um sétimo menino o espera.

Com sangue fresco na pele.

Pietro, que adora seus irmãos.

Barba-Azul ergue a espada...

Pietro apunhala seu coração com uma faca de carne e o empurra com uma cadeira na direção da janela, contra o vidro, estilhaçando tudo. Barba-Azul cai, com os olhos bem abertos, no mar vasto e bravio.

O diretor do orfanato trabalha até tarde da noite, buscando ouvir o som de travessuras vindo dos quartos, para poder castigar algum menino.

Do lado de fora, o vento ganha força, uma tempestade se forma.

Então, vem o eco de botas, *claque-claque-claque*.

A porta se abre.

É um homem com pele de tigre branco.

O diretor do orfanato se levanta.

Barba-Azul, ele pensa.

Mais ouro a receber.

Mas, quando o homem se aproxima, o diretor do orfanato percebe que ele não tem barba. Ele é elegante e magro, seus cabelos vão até os ombros, e um chapéu esconde seu rosto. Carrega um baú grande, que larga aos pés do diretor, como uma pedra, depois abre com um chute.

Os olhos do diretor estremecem, refletindo os diamantes e joias.

– Vim pelos meninos – diz o desconhecido.

O diretor do orfanato fica boquiaberto.

– Quais... quais deles? – ele gagueja.

O desconhecido ergue o rosto para a luz.

Pietro sorri.

– *Todos eles.*

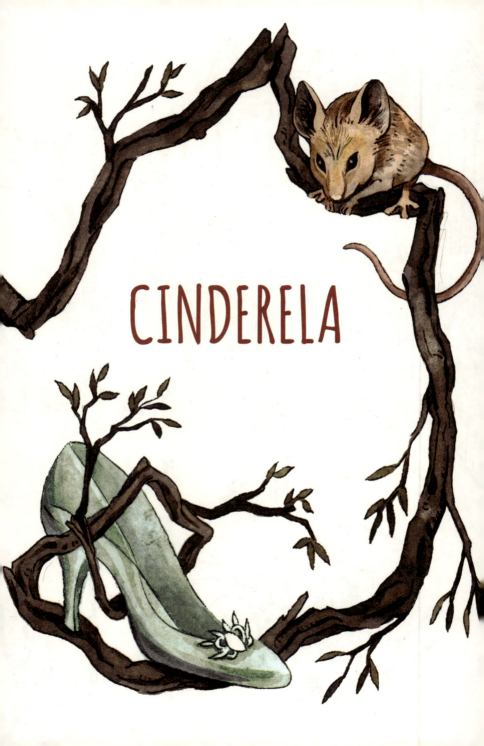

Seis meses atrás, Magdalena planejava se casar com um belo príncipe, mas então foi transformada em rata. Essas coisas acontecem, quando se é a moça mais charmosa de Málaga, e um príncipe lindo chamado Dante, com a pele bronzeada e os cabelos ao vento, se depara com você vendendo melões verdes no mercado, durante sua viagem pela costa. Na época, ele estava noivo da princesa Inez, mas se tratava de um noivado por conveniência. No momento em que Dante pôs os olhos em Magdalena e seus melões, Inez virou coisa do passado. Infelizmente para Magdalena, Inez também era uma bruxa, que a transformou na ratinha branca que ela é agora, como punição por ter roubado seu príncipe.

Depois de amaldiçoada, Magdalena foi correndo até o castelo de Dante em Madri, para explicar ao príncipe que não havia morrido em um incêndio – como Inez havia dito a ele – e que ainda poderiam se casar e ela ainda poderia ser princesa se encontrassem alguém que consertasse aquilo. Mas ratinhas não falam, e os criados de Dante eram muito meticulosos no controle de pragas, por isso Magdalena teve sorte de conseguir sair viva do castelo. Ela foi de casa em casa, nos vilarejos próximos, à procura de um lugar seguro onde se esconder até pensar em um plano melhor. Foi assim que encontrou o lar de Cinderela, a única moça da Espanha que gostava da companhia de roedores.

Ela é tão desafortunada quanto o nome sugere, essa Cinderela, e humilde demais para reivindicar seu verdadeiro nome. Está sempre com o rosto sujo, é tímida e age como mártir, do que sua madrasta e suas duas meias-irmãs se aproveitam, muito embora merecessem levar um tapa na cara. Neste momento, por exemplo, enquanto o sol nasce, Cinderela está lavando as roupas de baixo da meia-irmã, ainda sem ter comido ou tomado um banho.

– E pra quê? – protesta Magdalena, agitando as patinhas. – Para depois elas te ridicularizem por cheirar a pano molhado? Para que possam te chamar de Cinderela de novo e de novo, até que esse se torne seu nome? São como dois *poodles*, suas meias-irmãs, com aqueles cabelos feios e aquelas bundas grandes. Passam tanto perfume barato que sinto o cheiro a três cômodos de distância.

– Ah, Magdalena – Cinderela diz, com um suspiro, pois compreende a língua dos ratos. – É o único modo de manter a paz nesta casa. Minha madrasta me despreza, meu pai a ama mais do que ama a mim. Não me importo, para ser sincera. Os afazeres me mantêm ocupada, e assim a casa fica limpa. Não tenho muito mais a fazer.

– Não tem muito mais a fazer! – a ratinha repete. – Seu pai é rico. Roube um pouco de ouro dele e vá para as corridas de touro em Pamplona, ou fazer compras no Portal de l'Àngel, ou tomar banho de sol nas areias de Ibiza...

– Além do mais – Cinderela a corta, com severidade, – minha mãe costumava dizer: Seja virtuosa e amável, que coisas boas acontecerão com você.

– E que bem isso fez a ela? Sua mãe morreu jovem, depois o marido dela se casou com uma víbora – Magdalena retruca.

Cinderela não tem resposta para isso, mas a ratinha nota que esfrega a calcinha da irmã com um pouco mais de força.

Magdalena não tem muito respeito pela moça, que é mais bonita do que ela própria costumava ser, com rosto em forma de coração e olhos castanhos de corça. Em compensação, Magdalena tinha astúcia, inteligência e estilo, e nunca teria se metido naquela situação, nunca seria tratada como criada em sua própria casa, matando-se de trabalhar para pessoas com quem nem tinha laços de sangue. No entanto, talvez fosse esperta demais para seu próprio bem, porque foi assim que acabou encantando um príncipe enquanto todas as outras moças pobres de Málaga se casavam com rapazes desdentados ou verrugas nos dedos dos pés. Moças pobres não deviam encantar príncipes, porque é o que acontece nos contos de fadas, e contos de fadas sempre têm bruxas. Agora, Inez vai se casar com o príncipe e Magdalena não contou a Cinderela que sua ratinha de estimação, na verdade, é o verdadeiro amor de Dante. E certamente não pode contar agora, porque, de repente, Cinderela parece convencida de que *ela* tem uma chance de se casar com o príncipe, no lugar de Inez.

Os problemas começaram com a chegada dos convites, que tinham o cheiro da colônia forte de Dante e exigiam a presença de todas as moças solteiras de 16 a 20 anos, sem qualquer exceção, em seu castelo, duas noites antes do casamento.

– Está claro que ele não quer se casar com Inez – Cinderela apontou. – Que tipo de príncipe convida moças em idade de se casar para um baile logo antes de seu casamento?

O tipo de príncipe que continua procurando por mim, Magdalena pensa, cheirando o convite, desfrutando o cheiro. *Ele não deve ter acreditado na história de Inez de que morri num incêndio. O que significa que ainda tenho uma chance, se conseguir ir ao baile e mostrar a ele que estou viva. Então, Dante poderá obrigar Inez a acabar com a maldição e me transformar em sua noiva!*

Só que há dois problemas, claro.

Magdalena é uma rata.

E todas as moças em idade de se casar dali até a Galícia pensam a mesma coisa que Cinderela: que o mais belo príncipe de toda a Espanha, prestes a se casar, está procurando por outra esposa.

– Um baile – Cinderela vive repetindo, sonhadora.

– Sim, um baile – Magdalena confirma, rabugenta.

O que fazer? Os convites chegaram há três dias, apenas uma semana antes do baile, e Magdalena afoga as mágoas em um pedaço de manteiga. Mal consegue pensar, com as duas meias-irmãs de Cinderela – Bruja e Bruta, é como as chama – rindo como hienas e falando sem parar sobre os vestidos e as penas que usarão e como o príncipe há de se apaixonar perdidamente por elas – o que Magdalena pode garantir que não acontecerá, ainda que ele esteja cego e surdo. Sua irritação é agravada pelo fato de que a madrasta, parecendo a rainha dos gambás, com suas peles pretas e seu cabelo branco, encoraja as fantasias das filhas, muito embora sua decepção com elas esteja claramente expressa em seu rosto. Talvez, seja por isso que a madrasta é cruel com Cinderela: a única moça daquela casa que um homem poderia querer é a filha de outra mulher. Esses pensamentos distraem Magdalena de sua missão. Ela precisa ir ao baile e fazer com que Dante note sua presença. O que significa que precisa de uma marionete involuntária que vá transmitir suas palavras ao príncipe, alguém que a *compreenda*... e há uma única pessoa em toda a Espanha que...

Os olhos da ratinha se iluminam. Com a boca suja de manteiga, ela olha para a moça coberta de fuligem.

– O que foi? – Cinderela pergunta, curvada à lareira, costurando lantejoulas no vestido da meia-irmã. – O que aconteceu?

Magdalena se ergue em duas patas, orgulhosa.

– Vamos ao baile – ela diz.

– *Vamos?* – Cinderela olha para a ratinha. – Por que você quer ir ao baile?

– Para ajudar você a conquistar o príncipe, é claro – Magdalena diz, tentando não se sentir culpada.

Faltando uma semana, há muito a fazer para preparar Cinderela, porque ela precisa estar bonita o bastante para chamar a atenção de Dante, mas não tão bonita que o faça se apaixonar de fato pela moça e se esqueça de Magdalena. É um equilíbrio delicado.

– Ai! Ai! – faz Cinderela, enquanto a ratinha tira sua sobrancelha. – Isso é ridículo! O príncipe não vai se casar com a moça com as sobrancelhas mais bonitas. Vai se casar com alguém com quem possa conversar! Alguém que seja boa!

– Você não sabe nada sobre os homens – Magdalena diz. – Agora vamos tirar o buço com cera.

É uma tragédia que uma moça tão bonita tenha se descuidado por tanto tempo, mas a ratinha aplica uma boa máscara de argila em Cinderela, apara os cabelos rebeldes com cuidado e a coloca numa dieta de cinco dias a base de melancia e batata-doce, para que brilhe como uma estrela, até que, por fim, ela é algo digno de se ver, e as duas podem finalmente pensar no que vestir.

– Que tal um quimono de lamê dourado, ou um vestido com borboletas vivas escondidas no decote? – Magdalena sugere, desenhando modelos com as patinhas nas cinzas. – O baile é amanhã à noite. Precisamos de algo diferente, extravagante, ou...

– Algo assim?

A voz de Cinderela flutua do cantinho.

Ela está segurando um vestido prateado que parece divino, uma mistura de cetim e seda cintilante, com um laço nas costas. É tão simples e tão bonito que Magdalena até pede o fôlego.

– Nem pensar – diz a ratinha.

– Por quê? – Cinderela pergunta, surpresa.

Porque, no momento em que Dante te vir com esse vestido, vou ser descartada com a bruxa da Inez, Magdalena pensa.

– Porque só mulheres vulgares usam prata – é o que ela diz, sentindo-se uma bruxa também. – Onde você arranjou esse vestido?

– Era da minha mãe – Cinderela diz.

– Ah... – a ratinha diz, com a voz fina e fraca. Cinderela vai usar o vestido.

Mas, enquanto Magdalena se preocupa com o quanto Cinderela deve brilhar, se esquece daquelas que a mantém no escuro. No dia do baile, a madrasta dá uma olhada na enteada, com sua pele rosada, seu sorriso esperançoso e seu vestido magnífico recém-passado, e a põe para trabalhar, limpando esterco de cavalo do estábulo. Só quando terminar ela poderá tomar banho, vestir-se e se juntar à carruagem.

– Não obedeça – Magdalena a alerta. – É uma armadilha.

– Ratinha tola – Cinderela diz, com um suspiro.

Ela trabalha depressa, sujando a roupa e o rosto de esterco. Quando termina, já é quase noite. Cinderela sai correndo do estábulo e vai se vestir, só para encontrar as meias-irmãs e a madrasta já na carruagem, o lacaio prestes a fechar a porta. Bruja usa um vestido horrível de paetê. Bruta usa o vestido prateado de Cinderela.

É um choque para Cinderela.

– Fica melhor nela – a madrasta diz.

Cinderela começa a chorar.

– Mas... mas...

A carruagem parte, deixando um rastro de poeira.

Depois que a poeira assenta, uma ratinha branca a está esperando, na longa estrada vazia, balançando a cabeça em silêncio.

Cinderela precisa de um milagre, mas Magdalena é só uma rata.

– Ahhh, santa Teresa – a ratinha diz, com as patas em prece. – Por favor, leve Cinderela e eu ao baile.

– Santos não ouvem pecadoras – Cinderela diz.

– E desde quando sou uma pecadora? – a rata pergunta.

– Desde que rouba comida da cozinha, bebe das melhores garrafas de vinho do meu pai, usa linguagem imprópria em nossas conversas e faz o *boudoir* da minha madrasta de banheiro toda manhã, de propósito – Cinderela responde.

– O maior pecado é sua madrasta ter um *boudoir* e sair de lá com *aquela* cara toda manhã – Magdalena diz.

– O baile não é para mim – diz Cinderela, desesperançada. – Meu lugar é em casa. Além do mais, minha madrasta está certa. O vestido fica melhor na minha irmã.

– Você ficaria feliz se todas bebessem arsênico, e sabe disso – Magdalena retruca. – Chega dessa falsa piedade e de sofrer sem motivo. Vamos admitir: você *quer* ir ao baile. Você *quer* se casar com um príncipe e jogar isso na cara das suas meias-irmãs. E, no mínimo, no mínimo mesmo, você quer sair desta casa, onde é tratada mais como uma órfã do que como uma herdeira. Quando ao vestido ficar melhor na sua irmã, já vi ovos com bacon mais graciosos. Então, por favor, pare de agir como vítima e, uma vez na vida, seja sincera quanto ao que está sentindo!

Uma sombra recai sobre o rosto de Cinderela, que olha fixo para a ratinha.

– Bom, é tarde demais para ir ao baile, de qualquer maneira...

– Não é tarde demais! – a rata retruca. – Precisamos ir ao baile! *Eu* preciso ir ao baile. Talvez você se pergunte: Por que uma *rata* precisa ir a um baile? Bom, tenho meus motivos, assim como você tem os seus. O que está fazendo?

– Estou fazendo um pedido para uma estrela – diz Cinderela, olhando pela janela. – Minha mãe sempre dizia que, quando se é bondosa e amorosa, uma fada madrinha aparece no momento mais necessário.

A rata e a moça esperam.

Nenhuma ajuda vem.

Então, elas ouvem o som de rodas contra a pedra, uma carruagem passando depressa...

– Fada madrinha! – Cinderela grita, e corre para fora.

Por um momento, até Magdalena tem fé. Ela a segue e pula numa roda, depois no chassi, então salta no rosto do cocheiro, fazendo-o parar, o que dá a Cinderela tempo o bastante para abrir a porta da carruagem e entrar.

Magdalena deixa o motorista e entra por um buraco atrás do assento de passageiros, caindo direto no colo de Cinderela.

Uma velha encarquilhada, com um lenço na cabeça e uma pinta preta ocupando metade de seu rosto, aperta os olhos para a moça.

– Por favor, fada madrinha, pode me levar ao castelo do príncipe Dante? – Cinderela implora. – Há um baile ao qual tenho que ir...

– Não sou sua fada madrinha – a mulher diz, com um sotaque forte, mais de Moscou que de Madri. – Sou Svetlana, de Varenikovskaya, e vim para o baile do príncipe Dante. Você pode ir de carona comigo até o castelo, uma vez que já invadiu meu transporte com esse rato sujo no colo e esse cheiro de esterco. Qual é seu nome?

– Chamam-na de Cinderela – Magdalena solta, esquecendo-se de que é uma rata.

– Entendo. No meu país, chamamos esse tipo de moça de Zolushka – diz Svetlana. – Gatas borralheiras.

– Espera... você *me compreende?* – a rata pergunta.

– Claro. Sou uma bruxa – Svetlana responde. – Vim ao baile do príncipe Dante porque ele vai se casar com minha neta, Inez. Ela está preocupada que ele queira outra moça e vá usar o baile para encontrar alguém e cancelar o casamento. Inez me implorou para vir e ficar de olho em qualquer donzela que chegar perto demais do príncipe. E, pode acreditar em mim, se ele estiver mesmo atrás de uma moça, assim que eu a vir, ela vai se transformar em uma barata, ou em uma ameixa. Eu faria qualquer coisa por minha neta.

O rosto da bruxa se contorce em determinação, e a rata solta um peidinho nervoso. Da última vez que Magdalena encontrou uma bruxa, acabou transformada em rata, e agora está presa numa carruagem com a avó dela! Mas Svetlana não se dá conta de que a ratinha é o verdadeiro amor de Dante. Só considera Cinderela uma ameaça, e a avalia por um bom tempo, antes de voltar a se recostar no assento.

– Não estou preocupada com você, Zolushka. Por mais bonita que seja, tem esse ar de perseguida e fraca. O príncipe não vai gostar disso.

A rata olha para Cinderela, todos os seus conselhos tendo sido confirmados por uma segunda opinião. A moça ignora ambas, concentrada em olhar pela janela.

Enquanto isso, Magdalena considera seu plano. Fazer com que o príncipe Dante note Cinderela... depois usá-la para que ele se dê conta de que sua querida vendedora de melões de Málaga continua viva...

Parte de Magdalena gostaria de simplesmente *contar a verdade* a Cinderela: que ela é o verdadeiro amor de Dante no corpo de uma rata, que está usando a moça para recuperá-lo, que essa é a oportunidade de fazer um bem enorme, sendo ela alguém que insiste em fazer o bem. Mas Cinderela nunca quis nada para si mesma, até o dia em que viu o convite para o baile, e Magdalena não tem coragem de acabar com os sonhos da pobre moça agora que ela finalmente se deu permissão para sonhar. No entanto, não tem escolha. Magdalena está em uma posição terrível: vai ajudar os sonhos de Cinderela a se tornarem realidade – ou *quase* – e depois ficar com o príncipe para si.

Elas se aproximam do palácio ao luar, um alcácer com azulejos resplandecentes em branco e verde, trepadeiras em cascata entre mezaninos e espelhos d'água compridos, ladeados por laranjeiras. Uma multidão de moças em vestidos deslumbrantes sai das carruagens, agitando leques em meio ao calor enquanto aguardam sua entrada ser anunciada. Elas se cumprimentam com olhares curiosos e fazem amizade com as que têm menor chance de ser suas concorrentes. Da janela da carruagem, Cinderela as observa, em transe, enquanto Magdalena estremece, percebendo que suas esperanças de recuperar seu príncipe estão ligadas a uma moça cheirando a esterco, usando um vestido esfarrapado de ficar em casa e que nem ao menos passou batom.

— Ela não pode entrar assim — a rata comenta, olhando para a bruxa e apontando para Cinderela. — Se você é uma bruxa, não pode lhe dar um vestido adequado?

— Está pedindo que uma bruxa faça uma boa ação? — Svetlana ri. — Vou fazer um acordo com você e sua Zolushka. Se prometerem ficar de olho em quaisquer moças tentando roubar o príncipe da minha neta, deixarei Zolushka tão linda que ninguém será páreo para ela.

Cinderela e a rata trocam um olhar.

— Combinado — as duas dizem.

A bruxa faz um movimento de mão em torno da cabeça de Cinderela, cantarolando *vaha prada, vaha prada*, então *puf!* Uma nuvem de fumaça dourada se forma e Cinderela está radiante em um vestido azul-claro cujo corpete é bordado de brilhantes, renda na cintura e uma cascata de tule. Os sapatinhos de cristal servem perfeitamente em seus pés. Ela parece uma rainha do gelo, com o cabelo amarrado em um coque embutido, o rosto maquiado em tons dourados, a pele cheirando a leite e pêssego.

— O feitiço só vai durar até a meia-noite — diz a bruxa. — Assim, se estiver pensando em roubar o príncipe da minha neta, vai voltar a ser como antes de ter a chance.

Já são quase 10 horas, a rata pensa. Depois que entrarem, vão ter que ser rápidas.

– E você, não quer estar apresentável para o baile? – a bruxa pergunta a Magdalena.

Com um movimento de mãos, *puf!*, Magdalena está usando chapéu e smoking brancos, com botões de bronze e gravata-borboleta vermelha.

– A meia-noite vale para você também, por isso se atenha à tarefa – a bruxa alerta. – Agora vamos, é hora de encontramos minha neta.

– Condessa Svetlana e Lady Zolushka, de Varenikovskaya! – o lacaio de monóculo anuncia, fazendo sinal para que entrem.

A bruxa e Cinderela desfilam escada abaixo e adentram o salão de baile iluminado por velas, com mil moças bonitas em cores ousadas – amarelo-leoa, verde-serpente, vermelho-flamenco – esperando sua vez de dançar com Dante, o único homem ali. Magdalena tira a cabecinha para fora do coque de Cinderela. Ainda não consegue ver seu príncipe, porque sua figura valsando é obscurecida pela multidão de moças que tentam chamar sua atenção. Mas vê Inez, na direção de quem a bruxa as conduz, e a moça continua tão desnutrida e azeda quanto Magdalena se recorda, ossuda, com lábios finos e sobrancelhas tiradas em excesso.

– Agora entendo o que você quis dizer em relação às sobrancelhas – Cinderela sussurra para a ratinha.

Inez cumprimenta a avó com um lamento e um abraço, ignorando a moça que a acompanha.

– Ele não me deu atenção a noite toda, vovó! – Inez choraminga. – Só dança com uma moça depois da outra, como se estivesse procurando alguém! Alguém com quem se casar no meu lugar!

– Bem, então precisamos encontrar a descarada primeiro e a esmagar com o salto do seu sapato! – Svetlana diz, bufando. – Somos uma família de bruxas. Nada pode nos impedir. Há coisas demais em jogo para perder tempo se queixando e batendo as asas como um ganso. Use os olhos para encontrar a moça que ele procura!

– Certo – Inez diz, finalmente olhando para Cinderela.

– E quem é *essa?* – ela pergunta.

– Zolushka – Svetlana responde. – Ela veio na minha carruagem. Vai nos ajudar a encontrar quem quer que ouse reivindicar seu príncipe.

Inez olha para a moça com desconfiança. Magdalena fica tão tensa que um botão do smoking estoura, voa do cabelo de Cinderela e acerta o nariz de Inez.

– Vamos nos dividir – Cinderela diz na mesma hora. – Vamos procurar do outro lado do salão. Avisamos se virmos alguma coisa.

Ela se esgueira entre a multidão de moças.

– Bom trabalho – a ratinha sussurra, dando uma espiada. – Acho que as despistamos.

– Mas encontramos algo pior – Cinderela diz.

Porque, diante dela, estão Bruta, Bruja e a temida madrasta, abrindo caminho em meio à gente. É a primeira vez que Magdalena ouve Cinderela falar mal delas, mas o fato de Bruta ter roubado o vestido de sua mãe parece tê-la tirado de suas boas graças. As irmãs olham para Cinderela e franzem a testa, depois voltam a tentar chamar a atenção do príncipe Dante.

– Elas nem me reconheceram – Cinderela comenta, deslumbrada.

Magdalena está com os nervos à flor da pele. Há duas bruxas atrás delas. Três outras bem ali. Estão cercadas por mulheres malvadas.

– *Mademoiselle?*

É o lacaio de monóculo, inclinado para ela.

– O príncipe Dante gostaria de dançar com a senhorita.

– *Comigo?* – Cinderela e a rata dizem ao mesmo tempo.

– Com você – diz uma voz atrás do lacaio.

O príncipe Dante sorri, e mil moças congelam à sua volta, como estátuas de jardim, com os olhos fixos em Cinderela. Magdalena quer pular do cabelo dela, direto para o rosto dourado de Dante, com suas sobrancelhas grossas, sua covinha no queixo, seus dentes brancos e brilhantes, e cobrir tudo com beijos, como costumava fazer. Em vez disso, ele pega a mão de Cinderela, como se tivesse esquecido que Magdalena já havia existido, e a conduz a moça usando sapatinhos de cristal em uma valsa.

– Seu nome é Zolushka? – o príncipe Dante confirma. – De onde vem?

Cinderela está hipnotizada demais para falar. Magdalena quer dar um soco no nariz do príncipe. Mas, então, sente o couro cabeludo de Cinderela suando, ouve o tilintar hesitante de seus sapatos, incapazes de fluir com a música. Ela não está à altura de Dante, que deixa até a moça mais segura trêmula. Magdalena aproveita sua chance.

– Da barraca de melões de Málaga – a ratinha sussurra. – Diga a ele que você vem da barraca de melões de Málaga.

– Como? – Cinderela sussurra.

– Diga! – a rata ordena.

A moça está aturdida demais com a beleza do príncipe para pensar em outra coisa.

– Da barraca de melões de Málaga – Cinderela grasna.

– Como? – o príncipe diz.

– Diga que você gosta de comer ostras com manteiga de linguiça – Magdalena fala.

Cinderela resiste, mas a rata puxa seu cabelo...
– Gosto de comer ostras com manteiga de linguiça!
– Cinderela grita.
O príncipe Dante valsa devagar, estreitando os olhos.
– Hum... Conheço você? – ele pergunta, baixo.
– Diga a ele que você gosta de beijar debaixo do Caminito del Rey – Magdalena sussurra.

Cinderela olha bem nos olhos do príncipe.

— Gosto de beijar debaixo do Caminito del Rey.

Dante para de dançar. Todo o som do salão se esvai, como o silêncio entre as ondas.

— Magdalena? É você?

O corpo de Cinderela se enrijece, e ela solta em um sussurro chocado:

— Magdalena...

— É você, sim — Dante diz. — Há rumores de que Inez é uma bruxa... e eu sabia... sabia que ela tinha feito algo...

As mãos dele estão na cintura de Cinderela. Ele sorri, cegamente, como se tivesse ganhado vida, procurando por ela, procurando pela Magdalena dentro dela. Ele umedece os lábios, inclina-se, fecha os olhos para beijar seu verdadeiro amor, duas moças em uma, com cuidado, ternura, até que sente os pelos e recua na hora, vendo que não beijou uma moça, e sim um rato no nariz dela. O rato passa para o rosto de Dante, enchendo-o de beijos. O príncipe se debate, gritando palavrões...

Um feixe de luz vermelha passa por eles.

— RATO! — uma voz grita.

Inez, com os olhos desvairados e o rosto corado aponta um dedo ossudo para o rosto de Dante.

— RATO! — ela volta a gritar, furiosa com o príncipe e o roedor, lançando feitiços chamejantes nos dois, enquanto sua avó Svetlana entoa maldições que abrem buracos nos ladrilhos próximos ao príncipe, com o propósito de mergulhá-lo no esquecimento.

Por toda a volta, as moças ecoam RATO! RATO! RATO!, a pior palavra que poderia ser gritada em um baile, e correm para as saídas, como se fossem elas mesmas ratos, debutantes revoltadas, empurrando o príncipe sem qualquer cuidado, derrubando-o no chão desmoronando junto com a peste em seu nariz. Magdalena dança por entre as crateras, desviando de feitiços vermelhos disparados contra sua cabecinha, até que mãos macias a pegam do chão e a enfiam no bolso. Ela sente o corpo tremer na escuridão, então uma rajada de vento fresco, enfia a cabeça para fora e vê Cinderela correndo em meio aos jardins reais, em direção à estrada além do palácio.

– Cinderela... – Magdalena começa a dizer.

Cinderela a enfia de volta no bolso.

– Fique aí.

Seu tom é frio, raivoso.

– Desculpe... – Magdalena diz.

– Você é a princesa de Dante, esse tempo todo? Presa a um corpo de rato? – Cinderela ferve de raiva. – Como pode não ter me contado?

– Não achei que você fosse acreditar! – Magdalena admite. – E você parecia tão feliz com a ideia de vir ao baile...

– Eu ficaria ainda mais feliz sabendo que poderia ajudar você – diz Cinderela. – Se ele é seu príncipe, você tem que ficar com ele. Eu nunca seria um obstáculo ao amor. Teria ajudado você, em vez de fazer papel de boba.

Magdalena cora.

– Por que você é assim tão boa?

Cinderela olha feio para a rata.

– Você era minha única amiga, Magdalena. E mentiu pra mim. No momento, não tenho nenhuma vontade de ser boa com você.

Uma vez na vida, Magdalena não tem resposta.

Cinderela avista a carruagem do pai no topo de uma estrada íngreme e corre na direção dela. O cocheiro não está, e os cavalos descansam. Depressa, ela monta em um...

– Ora, se não é o bichinho de estimação do príncipe Dante – alguém diz.

Cinderela se vira e vê Bruta e Bruja se aproximando, com a mãe no meio.

– E agora ela está tentando roubar nossa carruagem – diz Bruta.

– O príncipe Dante sabe que você é uma ladra? – pergunta Bruja.

– Essa roupa não deve ser dela também – diz Bruta.

– Por favor, não sejam rudes com uma desconhecida – diz a madrasta. – Ela não pode evitar fingir ser o que não é. Dá para ver isso em seus olhos. Ela acha que merece um príncipe. Uma impostora se fingindo de princesa. No entanto, quanto mais olho para ela, mais me lembra de alguém... Sim, nossa criada, Cinderela, que também achava que podia conquistar o coração do príncipe... Não seria extraordinário? Se Cinderela aparecesse *aqui*, com seus joguinhos sujos? Mas isso seria impossível, claro. Porque colocamos Cinderela em seu lugar.

Seus olhos estão fixos na moça à sua frente.

– Assim como colocaremos você no seu.

Mais atrás da madrasta, o cocheiro marcha na direção de Cinderela, com três guardas armados com espadas, loucos para punir a ladra.

Cinderela espia Magdalena, em seu bolso. Com um simples olhar, elas bolam um plano. A rata escapa do esconderijo, sobe por baixo da axila da moça e passa ao patamar entre o cavalo e a carruagem...

– Não tem nada a dizer em sua defesa? – a madrasta a provoca.

Devagar, a moça ergue os olhos e encara a mulher.

– Meu nome não é Cinderela – ela diz. – É *Lourdes*.

Atrás dela, a rata puxa um pino e solta a carruagem do cavalo. O chassi desce, pegando Bruja, Bruta e a mãe das duas, fazendo as três rolarem morro abaixo.

Magdalena pula bem a tempo, para as mãos de Lourdes, antes que a moça suba a ladeira correndo, seguida pelo cocheiro e pelos guardas. Lourdes a pega e segue tropeçando pelos paralelepípedos em seus sapatinhos de cristal. Já perdeu os dois quando chega ao topo da colina e...

Congela.

Inez e Svetlana a esperam ali.

A Morte em pessoa, jovem e velha.

Uma moça, duas bruxas.

Essa é sua sina.

Ser superada pelos malvados.

Ser boa, sem qualquer recompensa.

Pela primeira vez, ela perde a fé...

...bem quando a morte atinge seu coração.

Feitiços vermelhos como os chifres do diabo.

Uma bola de pelos branca pula da mão de Lourdes...

As maldições atingem a rata, em vez da moça.

Em algum lugar, o relógio bate meia-noite.

É o fim da magia.

Elas voltam a ser o que eram antes, tal qual prometeu a bruxa.

Magdalena cai, e já não é mais uma rata.

Fera transformada em bela, nos braços de uma gata borralheira.

– Magdalena? – Lourdes sussurra.

– Lourdes... – Magdalena consegue dizer.

Lourdes a abraça, confortando-a, vela pela última centelha de vida dentro dela, fazendo com que brilhe mais forte, mais do que o beijo de qualquer príncipe.

Mas as bruxas ainda não acabaram. As duas erguem as mãos para lançar o golpe fatal na moça com o rosto sujo de fuligem e na amiga que ela protege...

O golpe nunca vem. Suas mãos são pegas no ar pelos guardas, por ordem do príncipe.

Devagar, Lourdes levanta os olhos para Dante em seu cavalo branco, heroico e imponente, enquanto continua abraçando Magdalena, como se não estivesse pronta para abrir mão dela.

O príncipe sorri e mostra os dois sapatinhos de cristal que tem nas mãos, como duas alianças de casamento, como se tivesse amor o bastante para as duas.

Dante leva duas moças para o castelo.

É o sonho de todo príncipe.

Duas entre as quais escolher.

Duas vezes felizes para sempre.

Mas, em vez disso, todas as manhãs, é Magdalena quem Lourdes procura, e é Lourdes quem busca por Magdalena. .

Com o tempo, Dante se enfada e corteja uma terceira, mas, a essa altura, os pássaros já fugiram da gaiola.

Elas estão por conta própria agora, Magdalena e Lourdes, livres das regras dos finais felizes. Como rebeldes em fuga, buscam aventuras e um novo lugar para chamar de lar. Mas a juventude as mantém em movimento, levando-as a novas cidades, a novos litorais, alimentando-se de experiências, como se tentassem engolir o mar. Anos se passam, e sua perambulação se reduz. Elas criam raízes. Magdalena se casa e se divorcia. Lourdes não se casa, mas conhece um homem bom o bastante, com quem tem três filhos. A vida delas muda. As duas envelhecem. Mas, ao longo do tempo, nada interrompe sua amizade, nem a doença nem o desgosto, nem a distância nem os anos, nem mesmo o espectro da morte, e, em seus últimos dias, quando se sentam juntas à lareira, curvadas e pálidas, como duas ratinhas frágeis, há apenas amor entre elas, como se não houvesse nada mais no mundo, como se não fosse o fim, como sempre deveria ter sido.

— Você sabe o nome dele? – a bruxa do mar pergunta.
– Não – diz a jovem sereia.
– Ele sabe o seu?
– Não.
– Vocês chegaram a trocar algumas palavras?
– Não.
– No entanto, você está disposta a trocar sua cauda por pernas, deixar seus amigos e sua família para trás e pagar o preço que for para ir ao mundo lá de cima, perseguir esse príncipe que você não conhece e tentar fazer com que ele se apaixone por você, ainda que possa ser um psicopata, um sedutor ou alguém que prefere a companhia de homens?
– A primeira vez que o vi, eu soube que era com ele que deveria me casar – a jovem insiste.
– Essas bochechas coradas, essa voz tremida... Você está confundindo paixão e amor. Na sua idade, eu também fazia isso. Seu pai, Drogon, costumava me beijar em meio às algas marinhas quando éramos jovens, e agora ele manda seus guardas para tentar me matar duas vezes por mês. O que parece amor, muitas vezes é desejo disfarçado. E o desejo passa. Pergunte ao papai. No passado, Drogon prometeu me amar, prometeu que eu seria sua rainha. Agora estou banida da corte.
– Meu amor por esse príncipe nunca passará! – a sereia diz. – Eu morreria por ele.

– Não seja trágica. Você é uma moça bonita, e o sentido da beleza é fazer os outros morrerem *por você*. No mínimo, diga-me as qualidades que o tornam digno de ser seu marido.

– Ele é lindo como a mais perfeita estátua...

– Isso vai mudar com o tempo. Logo ele será um careca rabugento, mais gordo que eu. Beleza não é o bastante. O que mais?

– Ele é valente e forte. Poderia ter morrido durante a tempestade, mas se manteve vivo enquanto eu o levava até a praia.

– E tenho certeza de que ele vai receber todo o crédito por isso. Pelo menos agradeceu sua ajuda?

– Ele não sabe que fui eu – diz a sereia. – Eu o deixei na praia e fiquei vigiando enquanto dormia, até que duas moças o encontraram na manhã seguinte.

– Elas eram bonitas? – a bruxa pergunta.

– O que importa?

– No momento, seu príncipe nem sabe que você existe, e todo o trabalho que teve para salvá-lo recaiu sobre duas moças que, a julgar pela sua expressão, são tão jovens e bonitas quanto você, e ainda têm pernas flexíveis, coisa que você não tem.

– Foi por isso que vim aqui. Para que você me torne humana – a sereia diz.

– Sabe por que não sou humana, muito embora pudesse me transformar se quisesse? Porque sereianos como eu e você vivem mais. Pelo menos trezentos anos, mais do que o suficiente para me satisfazer. No momento, estou numa fase hedonista, me esbaldando em fricassê de lagosta e compota de caviar. Só que haverá outras encarnações minhas, quando eu cansar de bancar a bruxa: a cantora... a professora... a espiã Madame X... Quando todas as minhas

reinvenções estiverem gastas e trezentos anos houverem se passado, estarei cansada e satisfeita, e terei tempo para descansar. Humanos, por outro lado, têm a vida muito curta. Em vez de se esgueirarem suavemente noite adentro, frágeis como folhas de árvore, eles insistem que seu tempo curto na terra se deve ao fato de que sua alma é eterna, e acreditam que a vida não se encerra quando dormem. É por isso que navegam e poluem nossos mares, com toda a arrogância, é por isso que deixam detritos em uma terra que não lhes pertence. Porque se creem superiores às forças que os criaram. Que idiotice! Que falta de visão! No entanto, *você* quer se juntar a eles, mocinha. Acho difícil acreditar que seja por causa desse seu príncipe sujeito a desastres, não importa quão atraente ele possa parecer. Algo mais a interessa na vida lá em cima, e quero saber o que é.

– A alma deles é mesmo eterna – a sereia garante. –
Tenho prova de que é, como eles dizem. E, se eu for parte
do mesmo mundo, minha alma viverá para sempre, com
a do meu príncipe.

– Prova, é?

– Enquanto eu carregava meu príncipe pelos mares
tempestuosos, seus olhos se abriram pelo mais breve momento, e neles vi pureza e bondade além do que existe
em nosso mundo. Foi como olhar através dos portões de
um novo reino, tão brilhante como uma pérola ao sol, tão
infinito quanto um redemoinho sem origem.

– Hum... tenho certeza de que foi só reflexo da tempestade. Ondas, chuva, trovões... Eu mesma poderia me
enganar.

– Não espero que compreenda – a sereia diz, com
um suspiro.

– E por que não?

– Porque você é uma bruxa.

– Quem disse?

– Todo mundo. É só olhar para este lugar: um antro
de ossos do outro lado das piscinas pantanosas, onde nada
vive, cercado de pólipos que agarram o que quer que tente
passar, cheio de poções, caldeirões e prateleiras de coisas
que só uma bruxa teria: dedo de sapo, língua de cobra,
sangue de sereia...

– Então, por que veio aqui, se sou uma bruxa?

– Porque dizem que você pode tornar sonhos realidade. E preciso encontrar meu príncipe.

– E o que seu papai diria se soubesse que está aqui?
Com uma *bruxa*?

– Outras sereias vieram até você atrás de ajuda e
morreram por conta disso. Vi seus esqueletos em meio
às algas que cercam a casa. Sei que seu preço é alto. Mas

o amor verdadeiro vale qualquer coisa. Meu pai não compreenderia. Ele acredita que casamento é uma questão de encontrar alguém que seus pais aprovem. Aos olhos dele, uma moça deve ser quieta e obediente. Para ser sincera, papai nem imagina que eu poderia vir aqui. Porque todos sabemos como ele te odeia. Você é sua inimiga mortal.

– Bom, isso é um pouco exagerado...

– Meu pai diz que você é vaidosa, mesquinha e gananciosa, um dragão velho e amargo que poderia usar seus poderes mágicos para o bem, mas prefere usar para o mal, contra ele e seu povo, só porque não quis se casar com você. E meu pai diz que você se tornou repulsiva, que se tornou uma bruxa só para atingi-lo, porque todo mundo sabe que ele ficou com você antes da minha mãe.

– Drogon... disse tudo isso?

– Foi como consegui vir sem ser vista. Ele nem tem guardas vigiando esta parte do recife. Presume que nenhum de nós ousaria vir até a bruxa do mar.

– É bom saber. E se eu achar que *você* é que é a bruxa?

– Eu?

– É.

– Pareço uma bruxa a você?

– Imagine só. Uma sereia velha e solteirona, mais ou menos da idade da sua mãe, que gosta de ficar sozinha em sua casa, fora dos limites do reino. Não incomoda ninguém, a menos que invadam sua propriedade, porque o rei está sempre tentando matá-la, portanto ela não consegue mais diferenciar amigos de inimigos. Isso torna a casa da velha sereia ainda mais parecida com uma fortaleza. Ela devora quaisquer sobras e peixes limpa-fundo que encontra em seus pólipos, enquanto faz companhia a enguias, serpentes marinhas e outras criaturas rastejantes que gostam de sua aparência decrépita. A velha sereia não gosta da aparência que tem, mas não se exercita mais, porque os caçadores de recompensa do rei estão atrás dela. Além disso, vive solitária, e a solidão significa que não pensa mais na possibilidade de ter que disputar atenção em um salão cheio. (*Passe as patas de caranguejo e o suflê de vieira.*) Então, numa tarde sombria, a filha do rei vem vê-la. Não pede uma reunião. Não bate na porta. Só irrompe na casa da velha solteirona, exigindo ajuda, muito embora esteja diante da pior inimiga de seu pai. Está claro que a moça traiu sua família, uma vez que vai atrás da única pessoa que seu pai tem a intenção de matar, mas descobre-se que ela tem mais pecados. Para começar, anda vagando pelo mundo lá de cima, o que seu pai proibiu com um decreto. E ela não é só desobediente, mas imprudente, porque resgatou um príncipe cujo navio vagabundo afundou e que merecia morrer.

A coisa piora: não é apenas uma invasora e traidora, mas agora descobrimos que se apaixonou pelo tal príncipe com base apenas em sua aparência, já que não trocaram palavras, ideias ou opiniões, e não há nada que ateste seu valor além de seu rosto bonito.

Portanto, pode-se acrescentar superficialidade à lista de pecados dela. Agora, ela exige que a solteirona lhe conceda seu desejo de se casar com o príncipe, enquanto ocupa a sua casa como uma ladra mantendo uma refém, sem dar a menor indicação do que vai fazer pela velha em troca. Não se mencionou um preço, um presente ou mesmo qualquer dívida de gratidão. Seria uma surpresa se a anciã se recolhesse ainda mais em sua caverna, mantendo os olhos estreitos sobre a intrusa, a vira-casaca, a predadora, e ficasse tentada a matá-la na hora? Quem ouviria essa história e acharia que a bruxa poderia ser alguém além da própria pequena sereia?

— Já soltei bolhas de ar mais verdadeiras que isso — a jovem sereia retruca. — Ninguém vai acreditar nessa versão da história.

— Não? Onde está a mentira? Diga-me onde falhei.

— Em toda boa história que ouvi, o amor é a resposta — diz a sereia. — Quando se encontra o amor verdadeiro, luta-se por ele. Não importa o que custe. É assim que se chega a um final feliz. Sendo corajosa e ousada. Ao vir até você, fui ambos, quando outros poderiam ter desistido e se acomodado com menos. Onde você vê pecado, vejo excelência.

— E por que a malvada seria eu? — sua oponente pergunta. — O que me torna uma bruxa?

— Você está no meu caminho — diz a pequena sereia. — Você é o obstáculo para o amor. Se vai se tornar uma fada madrinha ou uma bruxa má... imagino que seja você quem decida.

— No entanto, se eu facilitar demais as coisas, você não estará *lutando* em nome do amor, não é? — diz a bruxa.

— Uma moça tentando conquistar um príncipe... É maior conto de fadas que há — a sereia aponta. — E nada nunca vem fácil nos contos de fada.

– Então, talvez tenhamos isso em comum – diz a bruxa. – Também lutei por um príncipe. Mas não tive um final feliz.

– Talvez você não tenha lutado o bastante – diz a sereia. – Ou talvez seu coração seja mesmo mau, enquanto o meu é bom.

– Ou talvez eu tenha visto o amor onde queria que estivesse – diz a bruxa. – Talvez tenha projetado num homem o que queria dar a mim mesma. Feito dele a resposta para tudo. Isso seria ruim *de verdade*.

– Acho que você está se projetando em mim – a sereia disse.

– No entanto, aqui está você, pronta para pagar um preço que seu homem não pagará por você. Eu teria desistido de tudo por seu pai, mas Drogon não sacrificaria nada por mim, nem mesmo um arranhão mínimo em sua reputação. Não há nada mais atraente a um homem que uma moça que entrega seu poder a ele, em silêncio. É nisso que se baseiam os contos de fada. Em moças que têm que passar por uma prova para conseguir um homem, provas dolorosas e sofridas, provas de fogo, enquanto ele aguarda do outro lado das chamas, bocejando, coçando a barriga, até que alguém consiga. É por isso que está tão encantada por esse príncipe, que nem sabe que você existe. Porque *parece* com todos os contos de fadas que conhecemos. Abrir mão de si mesma, de sua alma, de seu mundo, para tê-lo, enquanto ele só faz boa figura e recebe o crédito por seu esforço. Parece o caminho para o felizes para sempre, não é? O mito que foi contado a meninas tantas vezes. Segui esse caminho promissor e aqui estou eu, ao fim dele, sozinha no escuro. Mas talvez sua história seja diferente da minha. Talvez seu pai fosse o homem errado para mim. Como você disse, Drogon gosta de moças quietas e obedientes. Não sou assim, tampouco você é. Somos rebeldes, nós duas. Duas bruxas da corte do seu pai. Se eu soubesse a verdade antes de dar a um homem tanto poder... se eu conhecesse meu homem tão bem quanto você acredita que conheceu o seu...

– Conheço mesmo meu príncipe – a sereia insiste. – Sei que ele é um bom homem...

– Você só sabe o que vê, e isso não dá para ver. Para conhecer um homem, é preciso usar a voz e fazer as perguntas que eu deveria ter feito ao meu. Você será fiel?

Vai me amar por quem sou? Vai me ver como uma igual? Essas respostas, você não tem. Mas talvez não se importe.

– O amor vem do coração – a sereia afirma.

– E isso significa que não se pode questioná-lo? – a bruxa pergunta.

A sereia insiste:

– Quando se faz perguntas demais... bom...

– O quê? Vemos quem eles são? Um porco, e não um príncipe? Um demônio, e não um rei? Que inconveniente.

– E-e-eu não sou como você – ela gagueja. – Você e papai... Meu príncipe é diferente...

– Ah, sim, sem dúvida há uma diferença entre meu Drogon e seu príncipe – diz a bruxa. – Você está prestes a abrir mão de tudo por ele, esse amor verdadeiro, esse primeiro e único, essa alma eterna pela qual você vai mutilar seu corpo e reduzir sua vida... de quem não sabe sequer o *nome*.

Faz-se silêncio. Profundo como o grandioso mar azul.

– Suas novas pernas. Vamos discutir o preço delas? – a bruxa pergunta.

A pequena sereia não responde.

Em vez disso, vira na direção da boca da caverna.

O Diabo não quer que você saiba o nome dele. Seu poder reside nisso, pois, desde que você não saiba seu nome, ele é uma sombra, um conceito, um mar tempestuoso e infinito que pode te engolir em todos os cantos da terra. Mas, se você souber, isso significa que alguém *lhe deu* esse nome, e de repente o Diabo não é mais o Diabo, e sim uma alma em dívida com quem o nomeou, e não é esse outro ser que deveríamos temer? Não, não, não podemos saber seu nome, ou o Diabo terá uma história, um começo e um fim, como você e eu, e o Inferno não é ameaça se povoado de gente comum.

Mas o Diabo também gosta de flertar com sua própria destruição – assim como aqueles que recruta para sua causa. Por isso, faz questão de atormentar os mais fracos, os mais gananciosos, os que se sentem mais culpados, em seus piores momentos, fazendo com que tentem adivinhar seu nome. Para sobreviver, é só adivinhar. Caso errem, arderão para sempre no Inferno. Todos erram, claro. Mas é divertido dar uma chance aos condenados! Não é?

Há muitos tolos pecadores entre os quais escolher. Hoje, enquanto ele se curva para o rio Estige, como uma banheira agitada e borbulhante, cada bolha lhe mostra uma alma pronta para ter seu tempo na terra encerrado e ser levada para o sofrimento eterno. Ele ouve os gritos de seu coro, com a força de milhões, ardendo nas masmorras sob o rio. Quem se juntará a seus pintinhos? O Diabo canta uma música, porque é um artista:

– Um, dois três. Quatro, cinco, seis.
Vejam minhas bolhas, todos vocês.
Quem vai comigo jogar?
Quem meu nome vai adivinhar?
Quem será o próximo a queimar?
Uma moça fria e mimada,
Um pai que se vangloria,
Um rei ganancioso...

Então, ele se dá conta de que os três fazem parte da mesma cena, um mais perverso que o outro, e agora está curioso, por isso segura a bolha com suas garras compridas e curvadas, levando-a ao ouvido, como uma concha.

– Fiquei sabendo que anda espalhando aos quatro ventos que sua filha é a moça mais bonita desta terra, e quis confirmar com meus próprios olhos – diz o rei, dirigindo-se ao pai.

– E não é? – o pai sorri, trazendo a menina para mais perto. – Minha bela Mathilde.

– De fato – diz o rei, envolto em vestes de seda dourada e sentado em seu trono de ouro. – Eu a tomaria como esposa, se não fosse a filha de um moleiro, imprópria para um rei. Minha esposa deve ser digna de seu peso em ouro, como a princesa de Habsburgo-Lorena, ou a viúva Von Du. Elas não são tão encantadoras quanto sua filha, claro, mas ouro dura mais que uma boa aparência. Ainda assim, seria agradável ter a garota no castelo. Talvez ela desse uma boa esposa para meu sobrinho Gottesfried.

– Considere feito, Vossa Alteza – o pai diz. – Entrar para sua corte através do casamento seria a maior honra que...

– Posso ver esse Gottesfried antes? – Mathilde interrompe.

O rei olha para a moça de trança dourada, olhos verdes afiados e nariz arrebitado.

– Acha que um sobrinho do rei pode não ser o bastante para você?

– Se sou a moça mais bonita desta terra, não acha que devo ter alguma escolha? – Mathilde responde.

O rei franze a testa e bate o cetro contra o mármore.

– Tragam Gottesfried!

As portas da corte se abrem e os guardas entram com um rapaz sorridente, ombros estreitos e um peitoral como de um passarinho. Ele se distrai com uma borboleta voando abaixo do teto dourado.

Mathilde se volta para o rei.

– Não, obrigada. Ele não é para mim.

O rei e o pai a encaram.

– Esperarei o senhor na nossa carruagem, papai – Mathilde diz.

– Na *minha* carruagem, que *eu* mandei para buscar vocês – o rei a corrige.

Mas Mathilde já foi embora.

O rei volta a carranca para o moleiro...

Enquanto isso, o Diabo sorri sozinho. Em geral, há uma alma nobre que estraga a história. Mas não ali. Entre aqueles três, ninguém tem salvação. A menina arrogante, o rei desdenhoso, o pai egoísta... O mau comportamento abunda. O próprio Diabo não sabe o que vai acontecer a seguir. Mas, se tivesse que arriscar, diria que o moleiro estava prestes a perder a cabeça...

– Com uma roca de fiar, ela transforma palha em ouro, sabia? – o moleiro insiste. – Minha filha. Por isso, ela é tão orgulhosa. Transformou o próprio cabelo em ouro. Não notou como brilha?

O Diabo gargalha. Ah, essa é boa. Essa é muito boa.

Os olhos duros do rei se arregalam.
— Ah, compreendo. Compreendo. Sim, isso explica tudo. Ela deve ser trazida de volta, para passar a noite. Devo testá-la...
O moleiro só pode sorrir e concordar.
Agora o problema é de Mathilde.
Ela que aprenda a lição.
Eles todos que aprendam a lição.
O Diabo pula de um pé para o outro.
Está chegando a hora.

— *Quem vai comigo jogar?*
Quem meu nome vai adivinhar?
Quem será o próximo a queimar?

Mathilde é levada para um cômodo cheio de palha. No canto, uma roca de fiar a espera.
— Seu pai me falou de seus talentos — o rei diz. — Parece que você tem algum valor, além da boa aparência. Portanto, comece a trabalhar. Fie a noite toda. Se pela manhã não tiver transformado toda essa palha em ouro, saberemos que é inútil para mim, e morrerá.
O rei tranca a porta e a deixa sozinha lá dentro.
Mathilde se senta sobre um monte de palha e fica olhando para a roca de fiar e para uma cesta com fusos vazios. Por um tempo, ela pensa que é uma piada cruel, uma punição por não ter se casado com aquele rapaz magrelo, mas então se recorda de quem é seu pai e da naturalidade com que mente. É por isso que ela é tão fria por dentro. Quando seu pai é um ladrão, um trapaceiro e um mentiroso, é preciso aprender a deixar o coração de lado na vida.

Ela deposita toda a sua fé em sua beleza, e passa os dias dedicando-se ao cabelo, à pele e ao corpo, torcendo para que um príncipe a note e a salve do pai. No entanto, é o pai quem mais nota, e se vangloria por toda a cidade da aparência dela para qualquer homem que esteja atrás de uma esposa, com o intuito de vendê-la e ganhar uma fortuna, como se Mathilde fosse uma vaca leiteira ou uma pedra preciosa. Por um tempo, ela conseguiu evitar, descartando seus terríveis pretendentes como indignos, o que o pai não tinha como negar, porque era verdade. Então, ele contou à Mathilde do convite do rei, e ela pensou que talvez o pai fosse lhe servir de alguma coisa, no fim das contas...

Agora, ele a deixou em uma situação tenebrosa. Ela deve transformar a palha em ouro, ou morrerá. O fato de não saber fiar nada só piora as coisas. O pai sempre lhe disse que deveria apreender a fiar, costurar e cozinhar, para garantir seu futuro, mas ela apostava que sua beleza era o caminho para sair de suas garras. Agora, ele a entregou a um rei que não a quer por sua beleza. O medo toma conta de Mathilde, aquecendo todas as partes dela que em geral são frias. Antes que perceba, está chorando, o que mal se lembra de como fazer, e isso a assusta ainda mais. Devia ter se casado com Gunther, Goatherd ou qualquer que fosse o nome do rapaz. Mas ele parecia fracote e idiota, alguém que passaria a vida ignorando, e quem quer alguém assim como marido quando se tem uma beleza merecedora do tipo de homem que capitaneia navios e estrangula leões? Não podia ficar com Geberhardt. De jeito nenhum. Mas era por causa de sua recusa que se encontrava ali. Por que tudo na vida envolvia negociação?

A porta se abre, e um homenzinho estranho entra.

Sua pele tem um brilho vermelho, e ele usa bigode e cartola pretos. Anda todo encurvado, tem pernas finas

e um traseiro protuberante, como se escondesse algo no calção. O homenzinho fixa os olhos escuros na moça e diz:
— Olá, Mathilde. Você está metida numa encrenca. Para sua sorte, sou capaz de transformar palha em ouro. Então, vamos jogar um jogo.
Ele sorri, mostrando dentinhos afiados que brilham como pérolas.
— Q-q-quem é você? — Mathilde pergunta.
Mas ela já sabe a resposta.
Ele pega o chapéu com as garras vermelhas compridas e o tira, revelando dois chifres pontiagudos.
— O diabo, é claro — ele diz.
Mathilde estremece.
— Que jogo quer jogar?

– Quero que adivinhe meu nome – diz o Diabo. – Se conseguir, ajudo você.

Mathilde recua.

– Jogar jogos com o Diabo não parece sábio – ela diz.

– Que escolha você tem? – ele pergunta.

– Rezar para os anjos – ela responde.

– Anjos só ajudam boas meninas. Você é boa?

– Sou.

– Então, por que quem está aqui sou eu, e não um anjo?

A moça não tem resposta para isso.

– Seu destino não é o céu – diz o Diabo. – Talvez porque você não ama ninguém além de si mesma. Ou porque cultiva a beleza, e não a bondade. E não use seu pai como desculpa. Muita gente tem pais piores e fez mais da vida do que agir com arrogância e ficar esperando que um príncipe apareça. Por outro lado, seu pai é tão pernicioso que não me surpreende que você carregue pecados semelhantes, como aconteceu com sua mãe. Parecia ser uma boa mulher, mas para se casar com alguém como seu pai... bom, isso exige o tipo de alma que acaba nos meus domínios. Dei uma olhadinha nela antes de vir. Está em algum lugar do quinto círculo, e descendo. Ainda acha que seu lugar é o Céu, pobrezinha. Esses tipos nunca se dão bem. A dor é duas vezes pior quando se resiste a ela. O que estou dizendo é que sua alma virá a mim de um modo ou outro, como a da sua mãe veio e a do seu pai virá, por isso é melhor jogar meu jogo e tentar conseguir mais algum tempo aqui em cima, onde pode continuar fingindo que é melhor que todo mundo e que tem anjos te protegendo. Temos um acordo? Ótimo. Agora me diga: qual é meu nome?

Mathilde fica vermelha, parecendo pronta a discutir...

– A próxima palavra que sair de sua boca será sua resposta – diz o Diabo.

Ela engole o que quer que estivesse prestes a dizer. Não quer fazer um pacto com o Diabo. Não quer admitir que nada do que ele disse é verdade. Mas também sabe que anjos não viram. Não se deixaram as coisas chegar até ali.

– Lúcifer? – ela arrisca.

– Ah, que palpite infeliz – o Diabo geme. – Lúcifer é só um criado na minha terra. Um mordomo, um lacaio, sem nenhum poder. Ele gosta de levar o crédito pelo meu trabalho, mas não é eu, e só uma tola acharia isso. Você deveria morrer por essa resposta tão fraca, mas pelo menos tentou, por isso ainda vou te ajudar, mas a um preço alto.

– Que preço? – Mathilde pergunta.

O Diabo pega uma tesoura grande e corta todo o cabelo dela, deixando que caia em meio à palha.

– Pronto – o Diabo diz, aliviado. – Agora posso trabalhar.

Enquanto Mathilde chora, com as mãos no rosto, o Diabo se senta diante da roca de fiar e *zum-zum-zum*, em três giradas o fuso está cheio de fios de ouro. Ele põe outro no lugar e *zum-zum-zum*, em três giradas o segundo também está. Quando Mathilde para de chorar e levanta a cabeça, é manhã e toda a palha foi fiada, todos os fusos brilham, dourados. O Diabo foi embora, e em seu lugar se encontra o rei.

– Muito bem – diz o rei. Ele não faz nenhuma menção a seu cabelo tosado ou às suas bochechas molhadas. Seus olhos brilham com tanto ouro. – Venha – o rei diz.

– Desfrute de algum conforto antes de ir para casa.

Criadas se aglomeram em torno de Mathilde e a colocam em uma banheira quente, deixam que escolha vestidos e joias, servem-lhe um banquete suntuoso com frango assado, frutos do mar e bolo de chocolate. Quando termina, a filha do moleiro está quase sorrindo. Sente-se como uma princesa de novo. E o mais importante: está livre das garras do Diabo.

Enquanto isso, o homenzinho vermelho a observa através da bolha, agachado diante do rio agitado, gargalhando sozinho.

– Lúcifer! Que previsível. Moças bonitas não são nada sagazes. Os palpites seguintes dela seriam piores ainda. Mas terei outra chance? Essa é a questão.

Ele se volta à outra bolha para ver como está o rei, ainda maravilhado com o cômodo lotado de ouro. Seus olhos revelam ganância e brilham com uma ideia... Ele sai depressa de lá e ordena que as criadas tragam a moça de volta.

O Diabo ri.

Sempre há outra chance.

– Achei que eu podia ir para casa – diz Mathilde.

– Você vai poder, vai poder – o rei garante. – Mas, primeiro, preciso que transforme essa palha em ouro.

Mathilde hesita.

– Mas este cômodo é duas vezes maior...

– Claro. Ou não seria um teste – diz o rei. – Se falhar, morrerá. Vamos, vamos, não faça essa cara. O que resta a fazer a uma galinha dos ovos de ouro exceto botá-los? Você tem um dom divino, minha querida. E não há honra maior que trabalhar pelo rei. Volto pela manhã.

Ele fecha a porta atrás de si.

Mathilde olha em volta, para a palha que vai do chão até o teto. O cômodo é maior que a casa em que ela mora com o pai. Ela pensa: *Nem mesmo o Diabo seria capaz de fiar tanta palha...*

– Você se equivoca, como sempre – diz o Diabo. Ele está ali, entrando pela porta, com sua cartola preta e o traseiro volumoso.

– Mas, para eu te ajudar, você vai ter que adivinhar meu nome, e espero que tenha um palpite melhor que o de ontem, porque não terei pena de você como tive.

Mathilde não quer jogar jogos, mas pelo menos assim tem uma chance de ganhar.

– E então? – diz o Diabo, batendo o pé. – Qual é meu nome?

A moça endireita o corpo, sentada.

– Belzebu – ela responde.

O Diabo comemora, feliz.

– Belzebu! Ele é uma mosca no meu traseiro. Um velhaco, que fica se pavoneando pelo Inferno, como um bobo da corte. Não consegue nem olhar nos meus olhos quando passa por mim! Acha que o Diabo teria um nome feito de sílabas que os bebês balbuciam enquanto dormem? Pelo menos Lúcifer parece perverso, importante. Mas Belzebu? Você é uma pobre tola, e eu deveria te deixar morrer, mas vim até aqui, então posso muito bem ajudar, embora vá te custar caro.

– Que preço? – Mathilde pergunta.

O Diabo estende as garras e torce o nariz dela, deixando-o com um calombo e curvado.

– Muito melhor – ele diz. – Agora posso trabalhar.

Enquanto Mathilde chora por causa do nariz, o Diabo se senta diante da roca de fiar e *zum-zum-zum*, em três giradas o fuso está cheio de fio ouro. Ele põe outro no lugar e *zum-zum-zum*, em três giradas o segundo também está. Quando Mathilde para de chorar e levanta a cabeça, é manhã e toda a palha foi fiada, todos os fusos brilham, dourados. O Diabo foi embora, e em seu lugar se encontra o rei.

– Minha nossa! – ele diz, com os olhos sonhadores diante de tanto ouro, sem nem notar o nariz dela.

– Posso ir para casa agora? – Mathilde pergunta, chorando.

– Claro – diz o rei. – Mas não quer conhecer meu filho, o príncipe? Ele precisa conhecer uma moça assim talentosa. É alto, forte e temente a Deus, o solteiro mais cobiçado desta terra, e acabou de voltar da batalha.

Mathilde para de chorar na hora.

– Ah, sim, por favor...

As criadas entram e a levam para se banhar e se vestir para conhecer o príncipe. Mathilde é levada diante dele, um homem tão deslumbrante que ela até perde o fôlego. O príncipe dá uma só olhada em seu cabelo curto e em seu nariz torto e vê a marca do Diabo, então cavalga para tão longe do castelo do pai quanto possível.

Em sua caverna, o Diabo acompanha tudo com alegria. O príncipe, bonito e digno, foi uma reviravolta inesperada. Nem ele quer se envolver com aquela profanidade.

Não haverá final feliz para Mathilde.

Ela devia ter escapado quando teve a chance, em vez de ficar sonhando com príncipes.

Agora, ela corre para sua carruagem, tão rápido quanto seus pés permitem...

Mas é tarde demais.

Guardas do palácio bloqueiam seu caminho.

O Diabo antecipou isso, claro.

Três é um número mágico.

Lúcifer... Belzebu... e certamente algo ainda mais deplorável em seguida. Mefistófeles? Leviatã?

São tantas as estradas para o Inferno.

Pobre Mathilde. O que pode fazer?

Sua alma é má.

E o mal nunca vence.

— Este é o maior cômodo do castelo — diz o rei, abrindo os braços para o salão principal. — Como pode ver, toda a palha do reino foi trazida aqui. Se conseguir transformar tudo isso em ouro até a manhã, é porque não há teste em que não pode passar, e será minha esposa.

— E se eu não conseguir? — Mathilde pergunta. Ela

espera que a resposta seja: *Então, não vou querer me casar com você e poderá ir para casa.*

Mas não é.

– Então morrerá, é claro – diz o rei.

Ele sai do salão cantarolando e tranca as portas atrás de si.

Um momento depois, as portas se abrem e o Diabo entra, com ares de superioridade.

– Uau. É bastante palha – ele diz. – Você vai precisar de um palpite melhor, se quiser que eu ajude.

– Não adianta – Mathilde se lamenta. – Se a palha for transformada em ouro, vou ter que me casar com o rei, que é um monstro avarento e insaciável.

– Foi esse tipo de atitude que meteu você em encrenca, para começar – o Diabo aponta. – Só boas moças conseguem se casar por amor, e você não é boa. Além do mais, com esse cabelo e esse nariz, teria sorte de conseguir um exterminador de ratos que fosse como marido.

Mathilde fica pálida. Em sua cabeça, ainda é linda.

O Diabo pisca para ela.

– O rei está ocupado demais contando seu próprio ouro para ver em que você se tornou, haha!

– Em que *você* me tornou! – Mathilde retruca.

– Só fiz com que o exterior refletisse o interior – diz o Diabo.

A moça não tem resposta para isso.

– E então? Qual é meu nome? – o Diabo a provoca.

– Responda rápido ou encontrarei outra moça bonita e desesperada. Há muitas delas, como deve saber.

Mathilde respira fundo. Já foi a moça mais bonita de todo o reino. Então, os homens começaram a montar armadilhas para pegá-la. O pai. O rei. O Diabo. Sempre caiu nelas, achando que seria salva. É o que as histórias dos livros lhe ensinaram: que beleza corresponde à bondade, que coisas boas acontecem a quem é bela e boa. Mas é tudo mentira, e agora que ela ficou feia precisa encontrar uma maneira de se salvar.

– Azazel – ela chuta.

– Errou de novo! – o Diabo cantarola. – Vocês me dão muitos nomes, achando que assim podem me prender em suas cabeças. Achando que, se me derem um nome, pertencerei a vocês, em vez de pertencerem a mim. Mas meu nome é um segredo que nunca descobrirão. E agora você terá que pagar o preço, se quiser minha ajuda.

Mathilde respira com dificuldade.

– Já não fez o bastante comigo?

O Diabo reflete a respeito.

– Certo, se você quiser que seja assim... Tudo bem. Não vou te machucar. Mas, se eu transformar essa palha em ouro, ficarei com seu primeiro filho e poderei fazer o que quiser com ele. Promete?

Mathilde hesita. Como a mãe e o pai, ela está condenada a ir para as mãos do Diabo. E agora ele quer condenar seu sucessor também. Não há nenhuma bondade no Diabo à qual ela possa apelar. Nem compaixão, misericórdia ou limites. Vai tomar e tomar, até que não reste nada além de dor. Ela precisa quebrar o ciclo. Precisa encontrar a bondade em si. O tipo de bondade que invoca anjos. O tipo de bondade que salvará seu futuro filho de se juntar a ela no Inferno. E, para fazer isso, deve viver mais um dia.

– Prometo – ela diz.

O Diabo faz uma marca na mão dela, um lembrete do acordo deles. Então, fia e fia, até que a manhã nasce.

Quando o rei chega, encontra o salão principal cheio de ouro, como pediu. Dias depois, ele se casa com

Mathilde, em uma cerimônia extravagante, e a filha do moleiro se torna rainha.

Um ano depois, a rainha dá à luz um menino. É a primeira vez que ama algo em sua vida. Mas, com o amor, vem o medo. Toda noite, ela dorme agarrada ao filho, temendo que o Diabo o leve. Mas ele não aparece, e logo ela passa a dormir com cada vez mais tranquilidade, sua pegada se abranda, até que Mathilde se esquece completamente de sua existência...

E é então que ele aparece.

No meio da noite, ela acorda assustada.

— Vá embora! — grita, abraçando o filho.

— Perdoe-me, Vossa Alteza. O que é isso que vejo nas costas de sua mão? — o Diabo pergunta. — Poderia ser... a marca de uma *promessa*?

A rainha corre para a porta, para chamar os guardas, mas o Diabo puxa o tapete sob os pés dela, fazendo a rainha cair no chão e o bebê voar de seus braços direto para os dele. Suas garras se curvam sobre a boca do menino, reprimindo seu choro.

— Por favor — Mathilde pede, chorando. — Darei a você toda a riqueza do reino... o que quiser...

— O que eu faria com riqueza? — o Diabo pergunta, rindo, beliscando as orelhas do menino. — Vou me divertir mais com esse aqui.

— Deve haver outra coisa! — Mathilde implora.

O Diabo pensa a respeito. Um jogo já lhe rendeu duas almas. Seria um bônus. No entanto, três é que é o número mágico...

— Muito bem — ele diz. — Você tem três dias para adivinhar meu nome. E não haverá outra opção dessa vez. Você só vai se safar com o nome certo. Se, ao cabo de três dias, souber meu nome, terá seu filho de volta. Se não souber, ficarei com seu segundo filho também.

Com isso, ele sopra um beijo para a rainha e desaparece com o menino.

Mathilde corre para o rei.
O filho deles foi levado. O Diabo é o culpado, e para recuperar o bebê precisam descobrir o seu nome.

O rei está acostumado a submeter pessoas a testes, e não a passar neles, por isso diz que quem tem que resolver o problema é ela, e que se não conseguir recuperar o bebê em três dias vai perder a cabeça, em punição. Há muitas outras rainhas com que ele pode se casar e que não serão perseguidas pelo Diabo na corte.

Mathilde pede ajuda aos guardas do palácio, mas eles preferem se manter longe do Diabo. Assim como os criados e os cozinheiros. Ela recorre ao pai, mas o rei mandou o moleiro ir atrás de outras noivas, caso a rainha seja morta, e naturalmente ele obedece, uma vez que será bem pago por sua missão.

Assim, Mathilde está sozinha.

Nenhum homem vai salvá-la, como nos contos de fadas.

Para vencer o Diabo, deve ser seu próprio príncipe.

No primeiro dia, ela se disfarça de plebeia e visita todos os mercados do reino, aproximando-se de vendedores, compradores e vagabundos em becos, perguntando se sabem o nome do Diabo. Isso assusta a maioria das pessoas, mas algumas têm sugestões, e Mathilde as anota, torcendo para que uma seja a resposta que procura.

À noite, quando o Diabo vem, com o bebê no colo como se fosse dele, ela está pronta.

– É Tchort? Rimom? Moloque? Drácul? – ela pergunta.

– Não, não, não – ele diz. – Mais dois dias!

O Diabo desaparece no escuro.

Mathilde range os dentes.

Não vai desistir.

No segundo dia, a rainha volta a se disfarçar e viaja para os limites do reino, onde alguns clãs vivem, nas partes mais sombrias da floresta, fora do alcance do rei. Mathilde pergunta se sabem o nome do Diabo, e eles não têm tanto medo de dizer o que pensam, por isso lhe dizem o que sabem, e ela anota.

À noite, quando o Diabo chega com o bebê, ela está pronta.

– Quemós? Hécate? Bafomé? Nihasa? Mastema? – ela pergunta.

– Não, não, não – ele diz. – Mais um dia!

O Diabo desaparece no escuro.

Mathilde não consegue dormir. Pega um cavalo e vai para as montanhas, onde ninguém pode encontrá-la. Fica sentada ali até o nascer do sol, pensando em seus erros, nas encruzilhadas em que escolheu o caminho equivocado, e pede aos anjos que lhe mostrem uma saída. Silêncio. Nenhuma resposta vem. Logo, a noite cai, e é hora de encarar o Diabo uma última vez. Quando está voltando pela floresta, um incêndio tem início, espalhando-se pelas árvores, perseguindo-a. Outra prova de que sua alma está marcada. Ela foge, mas as chamas continuam em seu encalço, como garras compridas e retorcidas, que encurralam seu cavalo em um círculo amaldiçoado. Ela não vai poder beijar seu filho uma última vez. Não vai poder se despedir.

Em seus últimos momentos, antes de queimar, Mathilde deseja trocar de lugar com o menino, poder libertar a alma dele e assumir sua dor. O fogo parece formar um laço para apanhá-la...

Então, vem a chuva fria.

Mathilde olha para o céu, enquanto as chamas morrem.

A chuva enche seus olhos e escorre por suas bochechas.

Uma última misericórdia.

De volta ao quarto, ela espera pelo Diabo.

Ele chega na hora, com o filho de Mathilde choramingando em seu colo.

– Última chance – ele diz. – Qual é meu nome?

Antes de tentar adivinhar, a rainha diz:

– Posso pegá-lo no colo e me despedir?

O Diabo não consegue resistir ao sofrimento.

Ele passa o menino à rainha, que o leva ao peito. O bebê para de chorar, seus dedinhos pegam os dela. As lágrimas de Mathilde o banham, como a chuva fria. Ela o beija com delicadeza e lhe deseja força para resistir, coragem para ser bom e a graça de anjos melhores.

Em troca, o bebê balbucia algo em seu ouvido, as sílabas que só um bebê sabe, que juntas assumem o ritmo de um nome.

– Chegou a hora – o Diabo diz.

Com as garras de fora, ele se lança sobre sua prole...

– Rumpel... sti... chen – Mathilde diz.

O Diabo congela.

A rainha olha para ele.

– Esse é seu nome, não é?

Rumpelstichen.

Um rabo se liberta do calção. Seus chifres ficam mais afiados. A vermelhidão se espalha por suas bochechas, como se ele fosse engoli-la inteira.

O Diabo aponta para o bebê.

– Ele te disse! Ele te contou!

Um trato é um trato.

Mathilde fica com o menino.

O homenzinho vermelho bate o pé direito com tanta força que quebra o chão e cai num buraco que vai até sua cintura. Não consegue sair, não importa o quanto tente. Olha para a rainha para que o salve. Ela não o faz. O Diabo tem um nome agora. Um começo e um fim. Ele amaldiçoa Mathilde, repetidamente, só palavras, só sons, até que tudo o que sai de sua boca é cuspe e fumaça. Com ambas as mãos, ele agarra um pé, incapaz de sair do buraco que ele mesmo abriu, então chicoteia o rabo, gritando horrivelmente quando atinge a si mesmo, e vai ficando cada vez mais vermelho, até que pega a outra perna e se rasga no meio, em dois.

Quando os guardas chegam correndo, tudo o que resta é seu calção rasgado, que só poderia ser de uma criança.

O cabelo dela cresce, seu nariz se conserta, seu filho cresce forte e mais bonito que qualquer outro príncipe, nutrido por seu amor – um amor cuja força a surpreende. Um amor altruísta, infinito, que é a verdadeira medida de sua alma.

Quanto ao rei, vai caçar um dia com o pai dela e algo deve dar errado, porque os dois são encontrados esmagados por uma árvore.

Um acidente, é o que dizem.

A partir de então, todo domingo a rainha visita o túmulo deles.

Mas, no domingo antes do Natal, o pai e o marido não estão mais onde estavam.

Tudo o que resta são dois buracos pretos enormes, como se os dois tivessem sido puxados para as profundezas da terra.

M eu querido,
Cante uma música de amor.

    Era o que mamãe costumava me dizer sempre que eu me sentia para baixo, naqueles primeiros dias depois da Terra do Nunca.

    Cante uma música de amor e você vai se animar.

    Talvez ela soubesse que eu estava apaixonada por Peter Pan antes mesmo de mim mesma.

    Eu tinha apenas 12 anos quando Peter me levou para aquele mundo além das nuvens, além da Estrela Polar, um arquipélago que toda criança conhece bem. Piratas, sereias, fadas, clãs guerreiros, feras selvagens... Todos fazem valer seus direitos, trazidos à vida por crianças que acreditam neles, pois os sonhos dos jovens são o combustível da Terra do Nunca, e suas cores são tão brilhantes e surpreendentes que não se pode encontrá-los em nenhum outro lugar. A Terra do Nunca está sempre mudando, ilhas são perdidas e ilhas são acrescentadas, de acordo com os sonhos juvenis, porque as crianças tendem a ter os mesmos sonhos, ainda que morem de lados opostos do sol. As últimas notícias que tive foram que as fadas perderam seu território para insetos gigantes, a ilha pirata fica cada vez maior e invade a lagoa das sereias, e os clãs guerreiros foram substituídos por dinossauros que comem gente. Ainda mais peculiares são as mudanças na Terra do Nunca pelas quais sei que sou responsável: a nova espécie de grandes pássaros brancos chamados Wendy, os dedais de costura gigantes que misteriosamente aparecem na praia, as meninas que vagam pela ilha procurando por garotos perdidos de quem cuidar... Veja, a história do meu tempo na Terra do Nunca se tornou famosa, um conto de fadas que toda criança aprende. Por isso, agora sonham comigo e com minhas maravilhosas aventuras, e o fazem com tamanha força e comunhão que a história de Peter Pan e Wendy na Terra do Nunca se tornou parte do próprio lugar.

No entanto, como todos os contos de fadas, esse teve um fim. Conta a história que Peter Pan trouxe a mim e meus irmãos, Miguel e João, de volta para nossa casa em Bloomsbury, onde o vento é frio e o céu, cinzento e nublado, e nos tornamos adultos comuns e sem graça, a cada ano perdendo mais o contato com nossas lembranças de Peter e da Terra Nunca.

Mas esse não é o verdadeiro final da história.

Ninguém sabe disso, só eu e...

Bem, vamos começar do começo. Do começo do fim.

Meu destino sempre foi ser mãe. Qualquer um poderia lhe dizer isso. Mandava em Miguel e João desde o momento em que eles nasceram, agindo como fossem responsabilidade minha – escovem os dentes! comam a abóbora! guardem os sapatos!, eu gritava. Embora mamãe achasse tudo isso um tédio, eu ouvia meu pai murmurando no canto, enquanto contava suas moedas:

– Um dia ela será uma ótima esposa!

Não é de admirar que Peter tenha escolhido minha janela para pousar. Eu via um menino bonito, que viria a ser meu príncipe, e ele via uma governanta para seus garotos perdidos, que poderia domar seu espírito e remendar suas cuecas. Para que mais serviria uma garota? Eis o paradoxo que nunca conseguimos resolver: eu queria o amor de Peter, enquanto ele queria meu trabalho. É de surpreender que ele confundisse beijos com dedais?

Quanto mais eu amava Peter, piores as coisas ficavam (o primeiro sinal de que um relacionamento está condenado). Piratas me sequestraram, garotos perdidos atiraram flechas em mim, a fada de Peter, Sininho, tomada pelo ciúme, tramou meu fim... Há um limite do que uma garota pode aguentar antes que chegue a hora de ir para casa. Não haveria Wendy e Peter. Foi minha primeira desilusão amorosa. A primeira vez que provei o gosto tóxico da vida adulta. De volta à minha casa, eu me esgueirava como um gato irritadiço, arrumando armários obsessivamente, costurando meias em perfeito estado, assoviando para que meus irmãos recolhessem seus brinquedos e parassem de olhar sonhadores para as nuvens.

– Cante uma música de amor – mamãe me encorajava, gentilmente.

Mas o amor era um conto de fadas, e eu tinha ficado velha demais para aquilo.

Mas Peter não havia aberto mão de mim. Ele veio no meio da noite, para me sequestrar de novo – os garotos perdidos tinham saudade de sua Wendy e Peter prometera me levar de volta –, mas eu gritei, surpresa, e mamãe veio correndo. Ela amarrou Peter à cabeceira da cama e o castigou como se fosse seu filho. Por fim, ele e mamãe chegaram a um acordo: uma semana por ano, eu iria à Terra do Nunca, no auge da primavera, e faxinaria para ele e seus garotos perdidos. Mamãe disse que não tinha muita escolha, pois Peter era um pequeno terrorista, e ela preferia que eu fosse sequestrada por uma semana previamente determinada do que temer me perder todas as noites. Mas eu também desconfio que ela via o brilho em meus olhos e ouvia as músicas que eu cantarolava nos dias que se seguiram, músicas de amor sobre um menino que eu era incapaz de abandonar, e percebeu que me perder por uma semana ao ano era o preço de me manter feliz pelo resto do tempo. As primeiras viagens de volta à Terra do Nunca foram gloriosas. Peter sabia que eu era dele apenas sete dias por vez, portanto me levava depressa e incitava uma comoção desnecessária, insistindo que vivêssemos grandes aventuras. Houve o ano em que ele roubou a preciosa pérola negra das sereias para mim, e acabamos presos pelo rei do mar até que convenci uma família de cavalos marinhos a nos salvar. Houve o ano em que Peter fez uma poção de bruxa, achando que poderia voltar no tempo para que pudéssemos ter mais dia juntos, o que só fez com que ficássemos do tamanho de salamandras. Houve o ano em que Peter me deu tic-tic-tics para comer, pequenos vermes fluorescentes da floresta que fazem a pessoa rir tanto que ela não consegue parar, e acordamos todas as feras selvagens, que nos perseguiram através da terra e da água. Não importava o perigo, todas as aventuras terminavam com Peter me salvando ou eu salvando Peter, e uma corrida para chegar à Estrela Polar e me entregar em casa antes do fim do sétimo dia, com uma série de lembranças que durariam até a próxima primavera.

Então veio o ano em que fiz 16, e tudo mudou.

Peter me levou à Terra do Nunca na data marcada, mas fazia cara feia para mim, desgostoso. – Você envelheceu – ele disse. Para Peter, não havia maior ofensa do que envelhecer. De fato, qualquer garoto perdido que um dia acordasse com um pelo no queixo, espinhas ou a voz mudada logo sumia de vista. Peter chamava aquilo de – desbastar o bando – uma lei da natureza, mas todos sabíamos que ele matava os garotos pessoalmente. Agora, os olhos de Peter tinham o mesmo brilho assassino quando se voltavam para meu corpo desabrochando, como se ele fosse capaz de me matar caso eu não tivesse que me devolver aos meus pais tão em breve. Daquela vez, quando os piratas me sequestraram, como muitas vezes faziam, Peter nem ligou.

O Capitão Gancho já estava morto àquela altura – Peter Pan o havia dado de comer ao crocodilo. Só três piratas da tripulação haviam sobrevivido à batalha final entre os dois: Smee, o contramestre irlandês; o Cavalheiro Starkey, que tinha sido sequestrado pelos clãs da ilha; e Scourie, o primeiro-tenente. Portanto, Smee recrutou uma nova turma de belos brutos de cabelo curto e rosto raivoso, que me lembravam dos garotos que voltavam para a Inglaterra após a guerra. Os piratas de Smee me amarraram ao mastro, esperando que Peter viesse me salvar e então pudessem iniciar uma batalha. Passei dois dias ali, com Smee coçando a careca e olhando para o periscópio, sem que Peter aparecesse.

Você deve estar sentindo pena de mim, amarrada tanto tempo a um mastro em um navio inimigo. Deve estar imaginando que fui assolada pela dor e pelo medo, principalmente porque quem me guardava era Scourie. Ele era o capanga em que Capitão Gancho mais confiava, o que tinha maior desdém por Peter, por isso me colocaram em suas mãos, sabendo que ele não daria bobeira. Scourie era um jovem de 18 anos com aparência assustadora, a pele levemente rosada, as pálpebras pesadas, o nariz torto e a barba por fazer. No primeiro dia, ele ficou ali, recostado contra a amurada do navio, encarando-me por horas seguidas, como se pudesse ver dentro de mim, sem nunca desviar seus olhos escuros e acesos, que pareciam carvão. Então, quando todo mundo foi dormir, ele olhou em volta para se certificar que a barra estava limpa antes de desembainhar a espada e se aproximar de mim, como se fosse me cortar em duas.

Em vez disso, ele me soltou.

– Sente-se – Scourie disse.

Obedeci, menos porque fosse uma ordem e mais porque minhas pernas latejavam. O navio estava ancorado próximo à costa, tanto que os galhos das árvores do mangue faziam sombra no convés. Através delas, eu podia ver a escuridão da noite e as estrelas piscando para mim, como se eu estivesse exatamente onde deveria estar.

Scourie empurrou um jarro de água para mim e uma torrada com carne salgada.

– Você deve estar cansada – ele grunhiu. – Forre o estômago e depois durma. Eu fico de vigia.

– Você não é minha mãe. Não me diga o que fazer – retruquei. – Já me basta Peter.

– Peter é um covarde por te deixar aqui assim – ele disse. – Mas não me surpreende. Ele só pensa em si mesmo.

Por mais que eu quisesse discordar, não tinha como, porque era verdade.

Notei que Scourie não falava como os outros piratas, com palavras distorcidas e deturpadas. Seu tom era suave e claro, ele articulava as vogais. Sem dúvida havia ido à escola.

– Como você acabou em um navio pirata? – perguntei.

– Do mesmo modo que você acabou sendo a criada de um idiota como Peter: é o que me cabe na vida – Scourie respondeu. Ele deve ter visto que franzi a testa, porque suspirou e se sentou à minha frente. – Então quer ouvir minha história? Está bem. Nasci em um inferno chamado Bloodbrook. Meu pai era um cretino que fugiu quando eu tinha 10 anos. O xerife me encontrou e me largou em um orfanato, onde fui vendido para a diretora de Blackpool, uma boa instituição, que educa piratas para navegar os mares indômitos. Os melhores alunos eram enviados para o navio do Capitão Gancho, porque ele era um homem educado e refinado, que queria o melhor para o pessoal de Blackpool. Por isso, eu me esforcei e estudei o máximo que pude: Geografia, Matemática, Astronomia, História, além de artes náuticas e leis marítimas. Logo fui recrutado por Gancho, com meros 12 anos, porque ele precisava de dez homens por mês, ou porque os matava caso cometessem erros ou porque eram despachados por Peter Pan nas batalhas que aconteciam toda semana. Comecei por baixo, mas sobrevivi por bastante tempo e logo me tornei o primeiro-tenente de Gancho. Dizem que ele morreu, mas isso é besteira, se quer minha opinião. O Capitão já morreu muitas vezes, e sempre conseguiu voltar. Ele não tem o mesmo sangue que eu ou você, sabe? É de uma cor estranha, como se fosse demoníaco. Mas, pelo momento, Gancho não está aqui, e Smee não é um grande capitão, por isso somos menos uma tripulação pirata bem treinada e mais um bando de velhos enfadados, procurando confusão só para nos distrairmos um pouco. A verdade é que me pergunto se já não passei da idade, igual a você.

– Acho que nunca vou passar da idade para a Terra do Nunca – eu retruquei.

– Claro que vai – ele respondeu. – Já passou. Por que acha que Peter não te quer mais? Porque ele sabe que está chegando a hora em que você vai se apaixonar por algum simplório do seu mundo, que usa roupas bonitas e trabalha no banco, então vai esquecer que este lugar já existiu.

O que ele disse sobre Peter doeu. Endireitei as costas e retribuí seu olhar.

– E se meu verdadeiro amor estiver aqui na Terra do Nunca? Então é só uma questão de tempo até que ele veja que deveria estar comigo. E poderei ficar para sempre.

– Está falando de Peter? Peter Pan, seu verdadeiro amor? – Scourie riu. – Com aquele ali não tem jeito. Olha o que aconteceu com a Sininho, por tentar conquistar seu coração. Ela já foi uma fada cintilante. Agora é uma vira-lata amarga. Ela já devia ter aprendido, a essa altura. Você também. A única pessoa que Peter ama é Peter.

Ele apontou para a torrada.

– Não está com fome?

Não respondi.

– Experimenta isso, então – Scourie disse.

Ele tirou algo do bolso.

Uma flor azul, cujo cálice frondoso envolvia uma fruta também azul, mas cintilante.

– Iguaria sereiana – disse Scourie. – Floresce apenas uma vez ao ano, de uma árvore subaquática. É tão gostoso que seu coração sente coisas que você nem imaginava possível. Roubamos uma em nossa última batida. Eu deveria guardar para o primeiro pirata que acertasse Peter quando ele viesse te salvar, mas como isso não vai acontecer...

Olhei para a fruta suculenta, já salivando.
– Você vai me dar? – perguntei.
Scourie sorriu.
– Se me prometer que vamos nos ver de novo.
Ergui os olhos para o dele, surpresa.
Uma flecha atingiu seu braço...
Os garotos perdidos pularam dentro do navio, gritando, guiados por seu jovem e arrogante líder, que usava uma túnica feita de folhas. Acordaram todos os piratas, que irromperam no convés, de pijama.
Como os piratas, Peter tinha ficado entediado.
Não me lembro de muito do que aconteceu depois. Peter me tirou do navio, e eu passei o restante da semana bancando a mãe dos garotos perdidos. Ele demonstrava pouco interesse em mim, e ao fim do sétimo dia, rumei para a Estrela Norte e voltei para minha família, para minha escola e para minha vida.

Na primavera seguinte, Peter não apareceu.
E o mais estranho foi... que eu não me importei! Agora compreendia como Peter Pan. Um menino que nunca cresceria. Talvez Scourie estivesse certo. Um dia, eu encontraria o amor com um rapaz de Bloomsbury que usava gravata e não sabia voar. Era hora de renunciar à Terra do Nunca.

Mas, então, uma noite naquela primavera, um estranho brilho surgiu na janela. Miguel e João não se mexeram, mas saí da cama e colei o rosto no vidro, notando que a luz cintilante ficava cada vez mais forte...

Consegui identificar uma escada. Abri o vidro e olhei para o céu, onde vi o navio do Capitão Gancho, navegando uma nuvem de pirlimpimpim, com a escada se desenrolando do convés. Scourie assomava no alto, os olhos brilhando como as estrelas à sua volta.

Quando cheguei ao alto da escada, ele tinha uma fruta azul na mão.

– Você esqueceu isso – ele disse.

– Você guardou o ano todo? – perguntei.

– Não seja boba. Essa fruta estraga como qualquer outra coisa. Mergulhei no fundo do mar e peguei outra pra você. Depois tive que roubar pó de pirlimpimpim o bastante para trazer o navio até aqui. Você dá bastante trabalho.

Olhei para Scourie. Uma vez na vida, suas roupas não estavam imundas. Eram de veludo marrom, como se ele tivesse se arrumado para a ocasião. Seu rosto estava barbeado, ele usava cinto e a camisa para dentro da calça. Também cheirava bem, a mel e especiarias.

Scourie me estendeu a fruta.

– Aqui está – disse. – Não posso ter vindo até aqui à toa.

Estiquei o braço para pegá-la, sentindo a casca azul suave como camurça.

– Feche os olhos – ele disse. – Dê uma mordida.

Obedeci.

Não há palavras para aquele gosto, mas vou tentar encontrá-las. É ao mesmo tempo ácido e mentolado, quente e oleaginoso, úmido e denso, como se você tivesse mordido uma floresta azul. O sabor é tão rico, tão diferente, que o ar escapa de seus pulmões e seu coração bate mais rápido, como se todas as suas capacidades não fossem o suficiente, e seu corpo e sua mente precisassem se expandir a novas sensações. Por dentro, você sente dimensões que nunca julgou existirem, como se você fosse mais do que pensa, como se fosse tão infinito quanto as possibilidades, até que abre os olhos a tempo de lembrar... que alguém te proporcionou este momento, um pirata ao luar, e nos olhos dele você vê o fim do universo. Mas então o gosto escapa e vai embora, deixando apenas um resíduo, uma consciência mais elevada de tudo à sua volta – incluindo o fato de não haver mais ninguém no navio.

– Espere. Onde estão todos? – perguntei.

Porque, até onde via, o navio estava vazio, a não ser por mim e por seu primeiro-tenente.

– Ah, estão lutando contra os clãs – disse Scourie. – Eu disse que zarparia para arranjar mais homens para a tripulação. Eles vão ficar ocupados perseguindo o próprio rabo até o amanhecer.

Naquela noite, com o navio escondido entre as nuvens de Bloomsbury, nós nos sentamos em uma rede que Scourie estendeu entre as estrelas e bebemos a sidra de pêssego que ele havia feito.

– Esse seu mundo é divertido? – Scourie perguntou, olhando para as fileiras de casas ao luar. – Daqui de cima, parecia tudo tão... quadrado.

– A diversão é superestimada – respondi. – Quando se tem diversão demais, ela passa a não significar muita coisa. É como viver só de doce, em vez de reservar a ocasiões especiais. Ou pelo menos é o que Naná diz. Ou é o que eu acho que ela diz. Cachorros às vezes não são muito espertos.

– Quem é Naná? – ele pergunta.

– Nossa babá. Sei que não faz muito sentido ter uma cachorra como babá...

– Claro que faz. Quem daria uma babá melhor que um cachorro?

Ele sorriu, como se para me lembrar de que não havia regras no mundo de onde vinha. No entanto, tudo em que eu conseguia pensar era nas regras que eu estava quebrando. Só de estar ali, traía Peter. No navio do Capitão Gancho! Com um de seus piratas! Eu sabia que deveria me sentir culpada. Peter tinha sido meu primeiro amor, e Scourie era seu inimigo. Mas como se sentir culpada quando você se está divertindo tanto?

– Tem razão – eu disse, suspirando. – Meu mundo é bem quadrado.

A mão dele roçou a minha, e por um momento achei que fosse um acidente, mas Scourie a deixou ali, com nossos dedos se tocando.

– Peter nos disse que você o beija – Scourie falou.

Virei para ele na hora.

– Quando meus piratas e eu o capturamos – ele acrescentou. – Gabou-se de ter recebido os beijos de uma garota, e quando perguntamos de quem, ele nos mostrou o dedal que usa no pescoço... Disse que é o melhor beijo que já recebeu.

Scourie olhou para mim. Irrompemos em risos.

– Ele não entende – eu disse.

– Eu entendo – disse Scourie.

A noite se agarrou às palavras dele. Tudo ficou muito quieto.

Mas Scourie não disse mais nada, não tomou nenhuma outra iniciativa.

Como pedir um beijo a um garoto? Como dizer a ele que tem permissão?

Quando reuni coragem, era tarde demais.

O amanhecer perseguia a escuridão. Era hora de ir para casa.

Só que eu não estava pronta para me despedir.

– Volte – eu disse. – Na primeira noite da primavera. Minha mãe vai pensar que é Peter. E teremos uma semana. Eu e você.

Eu esperava que Scourie concordasse na hora, que sorrisse e me abraçasse. Em vez disso, ele franziu a testa, pensativo, sério.

– E quanto a todas as outras semanas? – ele perguntou.
Aquilo ecoou no meu coração, durante o verão, o outono, o inverno, até que a última neve penetrou o solo. O tempo todo, um estranho calor era atiçado dentro de mim, como se todos os meus sentidos pegassem fogo, tornando as cores, os cheiros e os sabores mais nítidos, o vazio da vida de Bloomsbury de repente vivo. Com Peter, eu sentia um friozinho no estômago, a sensação desagradável de tentar se agarrar a um amor não solicitado, mas aquilo era diferente. Era um rugido baixo e constante, como se minha alma tivesse encontrado seu par e buscasse uma reunião.

Na primeira noite de primavera, não dormi, à espera do brilho do pó de pirlimpimpim iluminando minha janela. Quando ele veio, corri para a janela e a abri...

Peter olhava de volta para mim.

– É Sininho – ele disse. – Ela está morrendo.

Todos os meus pensamentos sobre Scourie foram sepultados. Tive tempo apenas de me esgueirar escada abaixo e pegar remédios antes que Peter jogasse em mim o pó de pirlimpimpim que lhe restava e me levasse de volta à Terra do Nunca. Nas profundezas da floresta, os garotos perdidos mantinham a cabeça baixa, vendo Sininho respirar com dificuldade, deitada imóvel e apagada em um toco de árvore.

– O que aconteceu? – perguntei.

– Cogumelos – disse um garoto. – Ela encontrou cogumelos cintilantes no pasto dos gnus. Queria dar de presente para Peter, então provou um para conferir se era seguro...

Peter baixou a cabeça.

– Pobre Sininho – ele disse.

– Então, é veneno! – exclamei.

Peguei minha bolsinha de remédios na mesma hora. Uma vez, Miguel havia inalado veneno de rato, pensando que era açúcar, e eu me lembrava de tudo o que mamãe havia feito. Dois comprimidos de carvão ativado e uma colher de chá de óleo de castor...

Abri a boquinha de Sininho e coloquei o pó preto sob sua língua, junto com o óleo do frasco...

Pela manhã, Sininho cochilava confortavelmente no colo de Peter, tendo expelido o veneno, enquanto ele passava os polegares pelo cabelo dela.

– Não fui esperto em chamar Wendy, Sininho? – Peter disse, olhando para mim. – Talvez eu devesse me casar com ela, para que nunca pudesse ir embora nunca mais. Então, eu teria que crescer, não é? Mas teríamos nossa Wendy, e ficaríamos todos seguros, seríamos todos amados, para sempre...

As palavras que um dia teriam tocado meu coração me atingiram com um baque oco.

E, de fato, ele ficou de olho em mim nos dias que se seguiram, agindo de maneira possessiva como nunca, talvez sentindo que meu olhar sempre vagava para a silhueta do navio pirata, escondida na neblina marinha além da floresta. Finalmente, no terceiro dia, depois que Peter e os garotos dormiram, escapei, avancei entre as árvores e atravessei o pântano para chegar ao litoral, então nadei nas águas amenas, na direção do navio do Capitão Gancho. Segurei-me em um dos canhões e me projetei para cima, escalando as portinholas até chegar à amurada do navio, e estava prestes a passar para o convés quando...

Um saco foi enfiado em minha cabeça.

Chutei e me contorci, gritando por minha vida, antes de ser colocada contra o chão duro... depois senti o movimento das ondas e o som dos remos na água, como se eu estivesse sendo levada para longe da praia, para ser afogada no mar. Fiquei com tanto medo que senti minha alma deixando meu corpo, como se eu estivesse ensaiando para morrer...

Então, o saco foi retirado.

Scourie olhava para mim. Ele assomava em um barco a remo, emoldurado pelo pântano.

– Achei que tivéssemos marcado de nos encontrar em sua janela – ele disse, frio. – Na primeira noite da primavera.

– Sim – consegui dizer. – Mas...

Ele pegou meu pulso.

– Em vez disso, vi você partir com Peter – ele rosnou.

– É por isso que se esgueirou até o meu navio? É tudo parte do plano dele? Você ainda é sua criada?

– Não! – eu disse. – Não.

Os olhos de Scourie me avaliavam como naquela primeira noite em que ele ficou de guarda.

– Como sei que não está mentindo? – ele perguntou.

– Peter ia me matar se soubesse que estou aqui – respondi.

Scourie ficou me encarando por um longo tempo

Então, soltou minha mão.

– Você dá muito trabalho – ele grunhiu. – Muito trabalho.

Ele saiu do barco e passou ao pântano.

Depois olhou para trás, com um sorriso rabugento.

– O que está esperando agora?

Naquela noite e nas noites que se seguiram, Scourie foi meu guia. Durante o dia, eu ficava com Peter e os garotos, tirando cochilos esporádicos, depois, na escuridão, fugia para o pântano, onde meu pirata me esperava. Como duas sombras, passeávamos por pontos da Terra do Nunca que eu nunca tinha visto. A armada de navios-fantasma... a cachoeira dos desejos... as montanhas dos unicórnios... mas é das cavernas de borboletas que mais me lembro, porque era onde eu e Scourie ficávamos lado a lado, na escuridão, comendo pão molhado no chocolate, observando as asas luminosas mergulharem à nossa volta. Uma borboleta azul pousou no meu nariz. Olhei para ele, esperando que risse. Em vez disso, vi uma lágrima em seu olho.

— Achei que piratas fossem valentões cruéis, que bebiam o sangue dos homens — eu disse. — E aí está você, subjugado por uma borboleta.

Ele balançou a cabeça.

— Não, é que... sempre sonhei em trazer alguém aqui. Mas vilões não podem amar. É o que me ensinaram.

— Você não é um vilão... — comecei a dizer.

Ele virou para mim, seu rosto duro como pedra. Vi o pirata que ele de fato era.

— Sou, sim — Scourie disse. — E se Smee ou qualquer um dos outros soubesse que estou aqui com você, espetariam minha cabeça numa lança.

— Então por que não larga a pirataria? — perguntei, sem medo. — Por que não escolhe outra vida?

— Porque uma vida de pirata é o que há de mais próximo da glória — ele argumentou. — Ser um pirata é sair do nada e lutar para que se lembrem do seu nome. É o que todos queremos. Deixar um legado que sobreviva a nós. Ter nossos nomes nos livros de história.

— Isso é glória? — desdenhei. — Que pessoas que você nem conhece saibam seu nome?

— Bem, alguns, como Gancho, querem que todas as almas no céu e na terra reverenciem seus nomes — ele disse. — Eu só quero uma. Uma pessoa que carregue meu nome no seu coração.

— Você já tem isso — eu disse. — Scourie de Bloodbrook.

Seus olhos encontraram os meus.

— De onde você saiu? — ele soltou. — Quem te fez assim, tão maravilhosa e pura?

Fiquei inquieta.

– Peter diz que sou uma velha resmungona e irrequieta que não sabe se divertir...

– Peter é um babaca inútil – ele disse.

Minhas mãos se retorciam ainda mais.

– Bom, você ainda não me conhece direito.

– Não conheço? – Ele riu. – Então vou lhe dizer o que sei a seu respeito. As sardas do se nariz brilham ao sol. Você joga o peso do corpo no pé direito quando está pensando. Você come fruta usando as duas mãos, em vez de uma só. Você desvia os olhos quando te faço um elogio. Você endireita a coluna quando digo algo grosseiro ou rude. Você me olha como ninguém nunca me olhou, como se eu fosse humano, como se eu tivesse um coração. Você é assim, Wendy. Por tudo isso, eu te amo. Agora me diga que não te conheço.

Não consegui falar.

Os olhos de Scourie ardiam como fogo.

– Se não vai dizer nada, talvez possa me dar um dedal...

Nossos lábios se tocaram.

Meu primeiro beijo de verdade.

Com um pirata, e não Peter Pan.

Quando nossas bocas se separaram, nós nos abraçamos, ao brilho de mil asas.

Então, uma luz entranha surgiu, piscando mais rápido e mais forte, e nos cegou, antes de se apagar e desaparecer.

Peguei a mão de Scourie.

Sininho.

Ela tinha nos visto.

Scourie tentou me impedir, mas eu já estava correndo para fora da caverna, montanha abaixo, para a floresta, seguindo o caminho por onde Sininho tinha vindo.

Quando cheguei, Peter já havia me condenado à morte.

– Espere! – consegui dizer, mas dez de seus garotos correram para mim e me amarraram a uma árvore, do mesmo modo que os piratas de Gancho haviam me amarrado a seu mastro.

Peter brandiu uma adaga, me espreitando, com um sorriso mau e vingativo, como se fosse ter tanto prazer em me banir daquele mundo quanto havia tido ao me trazer para ele. Sininho pairando sobre seu ombro, olhando feio para mim – para mim, que havia salvado sua vida. As conjecturas de Peter quanto a se casar comigo tinham despertado seu ciúme e selado minha vida.

– Peter, ouça – comecei a dizer. – Você não me quis. Nem foi me buscar ano passado. Por isso eu...

– Beijar piratas – ele desdenhou. – Eu diria que é um crime capital!

– Sim! – os garotos concordaram.

– Fugir à noite – acrescentou Peter. – É outro crime capital!

– Sim! – disseram os garotos.

– Fingir se importar conosco e ser a meretriz de um pirata. Um crime capital!

– Sim!

– Crescer e se tornar uma traidora mentirosa e suja – Peter proclamou. – É o pior crime de todos!

– Sim!

– Por tudo isso e mais, condeno Wendy à morte – Peter rugiu.

– Sim! Sim! Sim!

Enquanto Peter vinha na minha direção, sua adaga refletia o brilho de Sininho e os garotos comemoravam e cantavam – *Mate Wendy! Trá-lá-lá! Mate Wendy! Trá-lá-lá!* –, pulando de uma perna para outra e chacoalhando o traseiro, como um bando de pássaros selvagens.

Peter se aproximou.

– Você sabe para onde vão os traidores, Wendy? Para o mesmo lugar que Gancho foi. Mande um oi para o velhote, está bem? Ele ergueu a adaga, e uma chama vermelha se acendeu em cada um de seus olhos, como se tivesse um demônio dentro de si. Depois mergulhou para cravar a lâmina em meu peito...

Uma bomba de fumaça caiu de uma árvore, acertando a cabeça de Peter. Ele cambaleou, golpeando às cegas com a adaga, mas logo Scourie estava sobre o garoto, e batia tanto nele que Peter caiu ao chão, perdendo dois dentes de leite no processo. Os garotos correram na direção de Scourie, depressa, mas não passavam de garotos, enquanto Scourie era quase um homem. Ele tirou o cinto e usou contra quem quer que se aproximasse, batendo neles até conseguir chegar a mim e me soltar...

Sininho o atacou por trás, mordendo seu pescoço como um morcego e chegando a tirar sangue. A fada tentou arranhar seus olhos, mas me lancei sobre ela e consegui agarrá-la.

– Sua... vira-lata... amarga – sibilei, segurando-a pela bunda e sacudindo-a, de modo que pó de pirlimpimpim caísse, depois a jogando nos arbustos.

Enquanto isso, Peter e os garotos tinham se levantado, e nos ameaçavam com lanças, espadas e tudo o que tinham...

Mas Scourie e eu já deixávamos o chão, levantávamos voo na noite, envoltos no pó de Sininho.

Scourie olhou feio para Peter.

– Se chegar perto de Wendy, vou beber seu sangue no jantar – ele rosnou.

Então, me deu uma piscadela.

Fugimos da Terra do Nunca, como morcegos deixando o inferno, e retornamos ao mundo de bancos, rapazes e outras coisas quadradas.

Naturalmente, Peter tentou me matar, mas Scourie estava sempre lá, toda noite, vigiando minha janela enquanto eu e meus irmãos dormíamos. Ele derrotou Peter tantas vezes que o garoto desistiu de tentar, como costuma acontecer com os maus perdedores. Ainda assim, em um último ato de vingança, disse a Smee e seus piratas que Scourie estava se encontrando com a namorada dele, o que fez com que o outro fosse terrivelmente açoitado e jurado de morte caso voltasse a me ver. No entanto, sempre que conseguia escapar, Scourie o fazia, e iluminava minha janela, armado com pó de pirlimpimpim roubado, pronto para me levar para o céu. Algumas semanas, ele vinha toda noite; alguns meses, não aparecia. Eu nunca perguntava o que o impedia: em vez disso, desfrutava de nossos momentos, grata que ele tivesse conseguido atravessar de um mundo para o outro mais uma vez.

Anos se passaram, e me tornei mulher. As visitas de Scourie já não eram tão frequentes. Smee estava de olho nele, segundo me dizia... era difícil escapar... as fadas o observavam... Com o tempo, casei-me com um homem chamado Harry, que trabalhava no banco, chamava-me de docinho, ia para a cama às 21h30 em ponto e acordava às 6 horas da manhã, mas Scourie continuava vindo quando podia, e voava comigo enquanto meu marido roncava audivelmente em nossa cama. Eu dizia a mim mesma que devia acabar com aquilo, que devia colocar grades nas janelas, fechas as cortinas, trancar Scourie para fora... Mas como poderia? Nunca parecia errado encontrar Scourie, assim como nunca parecia errado quando vagávamos pela Terra do Nunca enquanto Peter dormia. É claro que eu queria que nós dois pudéssemos ficar sempre juntos, que achava que deveria ter me casado com Scourie, mas que diferença fazia? Ele era um pirata da Terra do Nunca, e eu era uma moça mundana. Para ficar juntos, teríamos que viver em um ponto intermediário, e não existe um ponto intermediário entre a fantasia e a realidade. Por isso, levei uma vida dupla, uma durante o dia, outra nas noites de sorte, e esperei me sentir culpada por conta daquele logro, mas só encontrei gratidão nele – por ter recebido aquele presente do amor em forma de homem, que vinha para despertar minha alma sempre que eu corria o risco de me afundar no sono.

Harry não suspeitava de nada, claro. Tinha seu dinheiro para contar, o jantar que o esperava na mesa às 6 horas, seu uísque às 8 horas da noite e, logo, um filho pelo qual aguardar. Se perguntado, tenho certeza de que diria que me amava, assim como eu diria que o amava, mas nem eu nem ele perguntávamos, por isso as palavras nunca foram ditas. Éramos ambos um meio para um fim. Ele nem estava lá quando entrei em trabalho de parto, porque tinha uma reunião em Moscou.

– Ah, nossa, ele vem cedo, é? – Harry comentou com um suspiro, pelo telefone. – Não vou voltar a tempo, docinho. Fique bem.

O bebê nasceu todo flácido.

Tinha a pele pálida e rosada, seus olhos não se abriam, suas mãozinhas tremiam, e sua vida se esvaía antes mesmo de chegar.

O médico disse que era fruto de um coração fraco (um azar, nada poderia ter sido feito) e me deixou sozinha com meu recém-nascido, em um quarto escuro cheirando a azedo.

Eu o segurei contra o peito, seu corpo pequeno e frágil, meu coração tentando transferir saúde para o dele.

Era meu filho. Eu encontraria um jeito de deixá-lo forte... de fazê-lo feliz... No entanto, a cada segundo que passava, seu coração ficava mais fraco, sua respiração, mais suave...

Então, uma luz tocou a janela, um brilho quente e dourado se expandindo contra o vidro congelado. Quando eu a abri, Scourie entrou flutuando.

Sem dizer nada, ele pegou seu filho e envolveu seu corpo diminuto e nu em um pijaminha de sapo, antes de colocar sua boca na da criança e expirar fundo. Meu bebê se engasgou e soltou um choro forte, que exigiu esforço. Seus olhos pretos se abriram na sala antisséptica. Ele choramingou e tossiu, as mãozinhas se agitando como se tirassem o ar da frente.

— Este mundo não é para ele. É por isso que é tão fraco — Scourie disse. — Sua alma vive na Terra do Nunca.

Ele embalou o bebê, polvilhou pó de pirlimpimpim nele e o restante em mim.

— Vamos, Wendy. Temos que o levar para casa, antes que seja tarde demais.

Com a criança nos braços, Scourie voou para a janela, depois notou minha sombra à parede, imóvel mais atrás. Ele se virou para mim e disse:

— Voe, Wendy! Voe!

— Não consigo — eu disse.

E era verdade.

Eu não conseguia mais voar. O pó de pirlimpimpim havia se transformado em cinzas ao tocar minha pele.

Vozes soaram no corredor. Tinham ouvido o bebê chorando.

Scourie correu para mim e tentou me pegar e me levar consigo.

Mas não foi possível.

– Tente de novo... – ele insistiu comigo. – Tente mais! Só que, quanto mais eu tentava, mais aterrada parecia.

O nascimento do meu filho foi a última gota de magia que meu corpo suportava. Eu tinha crescido de vez. Não podia mais viver entre os dois mundos.

– Leve o bebê com você – eu disse, chorando.

– Não... é seu filho... – Scourie o entregou para mim.

– Não posso tirar o menino de você...

– É *nosso* filho. E nosso filho deve ser feliz – eu disse, com a voz ganhando força. – Ele não vai sobreviver aqui. Esse mundo o estrangula. Esse mundo que limita as possibilidades, quando ele merece ter todas.

Scourie balançou a cabeça, mas puxei meu pirata para perto.

– Leve o menino – implorei. – Leve nosso filho ao lugar a que pertence e diga a ele que foi amado. Diga a ele que foi feito com amor.

As lágrimas de Scourie caíam no meu rosto. Ele me beijou, repetidamente.

– Sempre – Scourie disse. – Sempre. Vou voltar por você. Vou, sim. Ficaremos juntos um dia. Seremos uma família. Você vai ver.

Mas nosso menino agora estava ofegante, tentando respirar, enquanto as enfermeiras batiam na minha porta. Scourie me deu um último beijo. Então, segurou o bebê junto ao peito e voou pela janela, para o ar frio da noite, e ouvi meu filho respirar fundo, bem fundo, enquanto voava rumo ao lugar a que pertencia.

Scourie nunca voltou.

Não podia.

Meu portal para a Terra do Nunca havia se fechado, a Estrela Polar havia se apagado, minha ponte para o mundo dos sonhos estava destruída.

Agora escrevo esta carta para você, antes de lançá-la ao mar, esperando que um dia, por meio de qualquer magia que ainda reste em mim, minhas palavras te alcancem, onde quer que esteja. Pois você está sempre no meu coração, tanto na dor de saber que não posso vê-lo crescer quanto na alegria de saber que tem um pai que lhe deu a vida, como no passado também me deu. Mas agora você vai saber que também tem uma mãe. Vai saber que seu nome é Wendy e que ela vive num mundo muito distante do céu. E, mesmo que não esteja aí do seu lado, mesmo que não possa te beijar e te abraçar, você vai saber que ela sempre esteve aqui, contando esta história para si mesma para se manter íntegra, para que um dia possa contar a você.

Você, meu bebezinho de pijama de sapo, que é amado, amado, amado. Canto uma música em seu nome todas as noites.

Da mamãe,
Wendy

Este livro foi composto com tipografia Electra e impresso
em papel Off-White 80 g/m² na Formato Artes Gráficas.